Charles H. Barnes

Puppenspieler und andere Monstrositäten

Band 3

Reise ins Unbekannte

Roman

Über den Autor:

Charles H. Barnes wurde 1982 als Hanseat geboren. Früh beeinflussten ihn seine Großeltern, die selbst als Autoren, Regisseur und Schauspieler nicht nur in Norddeutschland bekannt waren. Die bissigen und gleichzeitig feinsinnigen Aufführungen seines Großvaters zeigten ihm eine Welt, in der mit Widersprüchlichkeiten gespielt wurde, die auf den zweiten Blick keine waren.

Trotz dieser frühen Inspiration entschied er sich zuerst für den klassischen Weg und studierte an der Technischen Universität Berlin im Grundstudium Energie- und Verfahrenstechnik, bevor er letztendlich den Studiengang Wirtschaftsingenieurwesen absolvierte. Dabei hielt er sich mit Studentenjobs über Wasser. Mittlerweile weiß er aus der Praxis, wie irrational sich Menschen bei Großveranstaltungen verhalten können (Sicherheitsdienst), wie es ist, mit einem vollen Fass Bier an einer Meute ausgetrockneter Fußballfans vorbeizulaufen (Gastronomie) und beim ersten Hahnenschrei schwere Pakete im Eiltempo zu sortieren (Zustellzentrum von UPS).

Ihm reichten diese Erfahrungen allerdings nicht und so wechselte er sein Einsatzgebiet grundlegend und ging zu einem internationalen Fernsehsender.

Sein weiterer Lebensweg hätte durch seinen Werdegang vorherbestimmt sein können, jedoch war sein Wunsch, zu schreiben, stärker denn je … Und so begann sein Leben als Autor.

Puppenspieler und andere Monstrositäten

Band 3

Reise ins Unbekannte

Charles H. Barnes

Roman

Bibliografische Information der Deutschen Nationalbibliothek:
Die Deutsche Nationalbibliothek verzeichnet diese Publikation in der Deutschen Nationalbibliografie; detaillierte bibliografische Daten sind im Internet über dnb.dnb.de abrufbar.

1. Auflage, Dezember 2024

Lektorat: Moira Colmant
Korrektorat: Marita Pfaff
Umschlaggestaltung: Giusy Ame / Magicalcover
Bildquelle: Depositphoto, Freepiks

Verlag: BoD · Books on Demand GmbH, In de Tarpen 42, 22848 Norderstedt
Druck: Libri Plureos GmbH, Friedensallee 273, 22763 Hamburg

CharlesHBarnes.de

ISBN: 978-3-7693-0564-7

Tut mir leid, Kleiner. Aber leben ist nicht alles im Leben.
(Lucky Number Slevin)

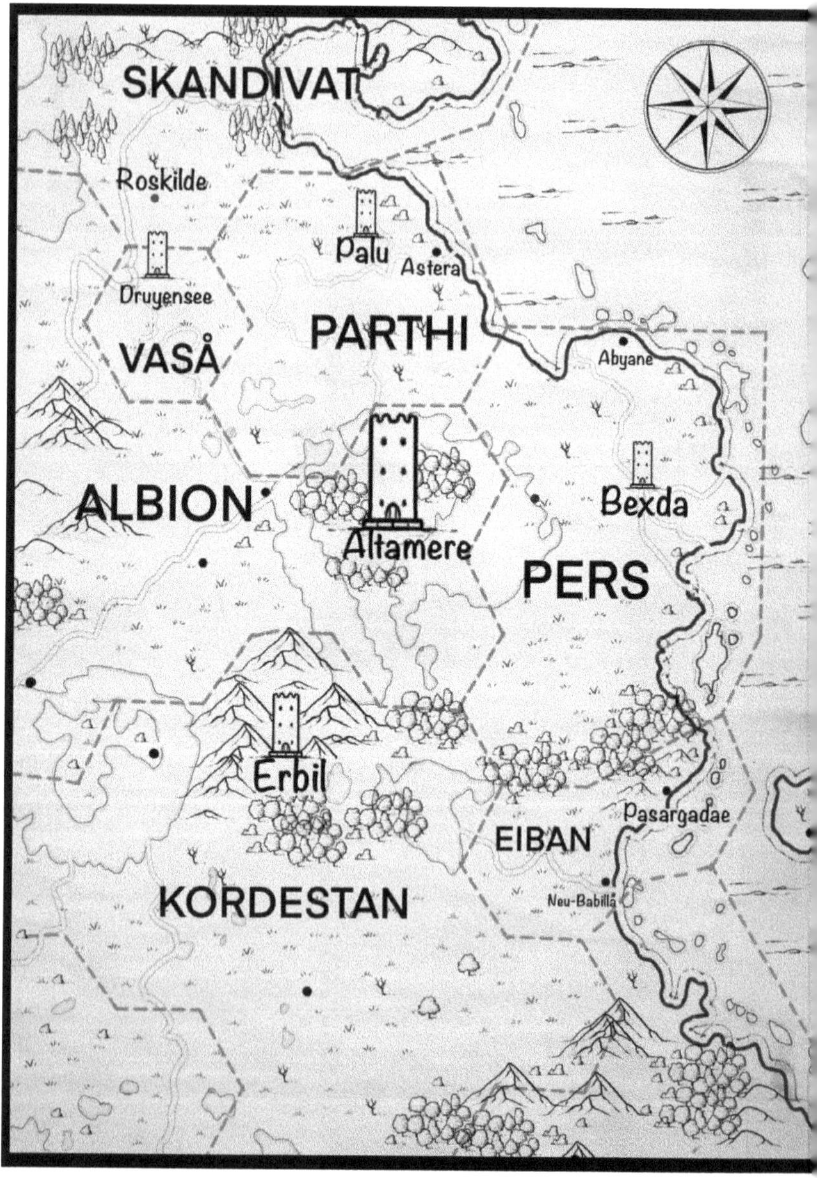
SKANDIVAT
Roskilde
Palu
Astera
Druyensee
VASÅ
PARTHI
Abyane
ALBION
Altamere
Bexda
PERS
Erbil
Pasargadae
EIBAN
Neu-Babillâ
KORDESTAN

Kapitel 1

Zwanzig Soldaten, vor allem die mit der Klasse Späher, sind ausgeschwärmt, um die Umgebung zu sichern. Zwanzig weitere, die ich mithilfe meines Analyseskills als Ritter, Kriegskünstler und in einem Fall sogar als Paladin erkannt habe, begleiten uns in enger Formation: meine Mutter, meinen Bruder und mich. Endlich bin ich mit meiner braunen Haut kein Sonderling mehr in dieser blassrosa Welt. Mein Bruder und meine Mutter sind sogar noch eine Nuance dunkler als ich. Sie ist eine wahre Schönheit und nicht selten wandern bewundernde Blicke der Soldaten zu ihr. Wenn hier so etwas wie Genetik bekannt sein sollte, müssten sich alle extrem wundern, warum sie einen so hässlichen Sohn wie mich geboren hat. Oder sie schieben es auf eine Strafe der Götter. Wie auch immer. Meine Mutter muss in ihren Vierzigern sein, das lange schwarze Haar fließt wie Seide über ihren Rücken und die edlen Gesichtszüge mit der makellosen Haut zeugen von ihrer adligen Herkunft. So anmutig, wie sie sich über den Waldboden bewegt, als würde sie durch einen Ballsaal schreiten, mit ihrer Sanduhrfigur und den langen Beinen, dürfte sie auch in dieser Welt dem Schönheitsideal entsprechen.

Mein Bruder dagegen ist athletisch gebaut, mit einer Statur wie ein Turner oder Läufer. Ein Blick auf seine schwieligen Hände verrät mir, dass sein Schwert an der Seite nicht zur Zierde dort hängt und er viele Stunden mit Waffenübungen zugebracht hat. Ansonsten hat er schulterlanges Haar und hält die Nase immer ein Stück zu weit oben, um freundlich zu wirken. Die Soldaten gehorchen jedem seiner Befehle augenblicklich, doch fehlt ihnen dabei die Begeisterung, die sie meiner Mutter entgegenbringen.

Nur ich, ich bin keine Schönheit. Weder habe ich einen kräftigen Körperbau noch edle Gesichtszüge. Vielleicht wurde ich ja adoptiert und bin der Einzige, der das nicht weiß. Dennoch bieten wir das Bild einer Familie in trauter Dreisamkeit, die nach meiner wochenlangen Odyssee durch den Wald glücklich wieder zusammengefunden hat. Noch immer rechne ich jederzeit mit einem Messer in den Nacken, ins Herz oder wohin auch immer. Schnell, sauber und tödlich. Die Worte der Kopfgeldjäger, die mich laut ihren Aussagen im Auftrag meiner Eltern umbringen sollten, gehen mir nicht aus dem Sinn: Sie wollen dich lieber tot als lebendig zurückhaben. Manchmal ist ein toter Sohn eben mehr wert als ein lebender. Sie haben allerdings nie explizit gesagt, dass meine Mutter davon weiß. Doch wenn ich mich richtig erinnere, haben sie immer im Plural gesprochen, was wohl meine Mutter einschließen würde.

Stunden vergehen und meine Befürchtungen treten nicht ein. Meine Mutter ist die Fürsorge in Person und mein älterer Bruder schon fast besorgniserregend nett. Also das genaue Gegenteil dessen, womit ich bei dieser Familie gerechnet habe. Immerhin lastet, wenn alles so abgelaufen ist, wie ich vermute, die Ermordung der Wachen des Imperators, meiner Gouvernante und meines Kammerdieners auf ihren Gewissen. Strenggenommen auch mein – Raduans – Tod, hätte Ibris mich nicht in dessen Körper gesteckt. Und all das nur, damit sie meine Ermordung dem Imperator in die Schuhe schieben können, er meiner Familie somit etwas schuldet und meine Schwester Bayla den Erben des Nachbarreiches heiraten kann, ohne dass der Imperator Einspruch erhebt.

Doch stattdessen haben sie mich in letzter Sekunde gerettet. Na gut, letzte Sekunde ist vielleicht übertrieben, denn anscheinend wollte Norvid in alter Bösewichtmanier noch ein wenig palavern und mir alles ganz genau auseinandersetzen. Vor allem war ihm wichtig, mir mitzuteilen, dass der ganze Mist nicht seine Idee war. Warum also das alles?

»Raduan, komm Schatz, bleib bei uns. Erzähl, was ist in den letzten Wochen passiert?« Meine Mutter hat gemerkt, dass ich geistig abgedriftet bin. Das ist aber nicht schlimm, denn an ihrem ganzen Gebaren kann ich erkennen, dass das für mich nicht untypisch ist. Sie behandeln mich in dieser Familie nicht wie einen Vierzehnjährigen, sondern eher wie ein achtjähriges Kind.

»Wir werden ewig für den Rückweg brauchen, Mutter. Raduan ist zu langsam.« Mein Bruder flüstert es nur und wenn ich meinen Goblinring mit dem Extrapunkt in Wahrnehmung nicht gehabt hätte, wäre es für mich nicht zu verstehen gewesen. Aber der sechste Punkt bei dem Attribut ist Gold wert, vor allem, da ab diesem Punkt die Eigenschaft doppelt so schnell steigt wie zuvor bei den ersten fünf.

»Das ist nicht so schlimm, ich habe Ganem befohlen, eine Sänfte zu bauen. Wir sind bald im Lager, finden dort sicherlich die vier Kontorslåda und können dann endlich nach Hause reisen.«

Die vier was? Das Wort kenne ich nicht. Darüber nachdenken kann ich aber auch nicht, denn in diesem Moment tritt ein Mann aus dem Wald. Hinter ihm gehen zwei weitere, die eine primitive Sänfte zwischen sich tragen. Sie haben einfach ein Brett auf zwei lange, gerade Birkenstämme gezimmert. Das soll wohl für mich sein.

»Meine Männer stehen bereit, Malika.«

Malika? Er spricht meine Mutter mit dem Vornamen an? Ich linse zu meinem Bruder, ob er deswegen ausrasten wird, doch er scheint absolut nichts dabei zu finden. Die beiden Soldaten, die kurzerhand zu Sänftenträgern degradiert wurden, verbeugen sich nun und nennen meine Mutter ebenfalls Malika. Dabei wird mir bewusst, dass ich absolut nichts über meine Familie weiß, außer dass sie Kyros heißt und im Reich Eiban lebt. Mir kommt der Verdacht, dass es sich bei Malika um einen Titel handelt und nicht um einen Namen. Eine Anrede für die Herrscherin? Oder die Gemahlin des Herrschers? Nicht einmal das weiß ich.

»Nun mach schon, Schatz, setz dich, damit deine Beine sich ausruhen können, ja?« Mit sanfter Gewalt drängt meine Mutter mich auf das Brett. Zwar gibt es kein Kissen oder eine andere Unterlage, aber zum Glück auch keine Splitter. Kaum habe ich Platz genommen, heben die zwei Soldaten die Birkenstämme auf und es geht im Laufschritt durch den Wald. Zumindest würde ich es vom Tempo her als Laufschritt bezeichnen, dabei sehen alle, selbst meine Mutter und mein Bruder, aus, als wenn sie nur ein wenig energischer ausschreiten würden. Das muss auf einem hohen Stärkewert beruhen, verbunden mit hoher Ausdauer. Ja, ich gebe es zu, ich bin neidisch. Verdammt seist du, Miller – oder Tasso, wie du in dieser Welt heißt. Mach es dir als Sohn des Imperators bloß nicht zu bequem, ich habe hier schon Dutzende umgebracht, du wirst nur ein weiteres Häkchen auf meiner Feindesliste sein.

• • •

Gleich drei Soldaten wachen über mich, doch sie haben meine improvisierte Sänfte auf einem kleinen

Erdbuckel abgesetzt, sodass ich mich ein wenig umsehen kann. Dabei wollten sie mir nicht etwa einen Gefallen tun, meine Wachen fungieren vielmehr als Späher und behalten die Gegend im Blick. Anhand der Goblinleichen, mit denen sich die Fallgruben gefüllt haben, wissen sie, was hier auf sie lauern kann. Die Männer sehen nicht besorgt aus, nur wachsam. Aber ihre Level sind auch eineinhalb bis zweimal so hoch wie die der getöteten Kopfgeldjäger. Diese Soldaten sind häufig im Einsatz gewesen, anders kann ich es mir nicht erklären.

Name:	Kemal Ramri
Klasse:	Level 33 Späher
Fortschritt:	32 %
Gesundheit:	210 / 210
Manapunkte:	180 / 180
Energie:	181 / 210
Volk:	Mensch

Ich schlage mir innerlich gegen die Stirn. So wie ich meinen Analyseskill auf die Soldaten anwende, kann ich ihn auch bei meiner Familie einsetzen. Ich suche meine Mutter und meinen Bruder und aktiviere erneut meinen Analyseskill.

Name:	Lilith Kyros
Klasse:	Level 45 Aristokratin
Fortschritt:	8 %
Gesundheit:	150 / 150
Manapunkte:	270 / 270
Energie:	322 / 340
Volk:	Mensch

Dreihundertvierzig Energiepunkte hätte sie bei voller Erholung! Sie hat also sechzehn Punkte auf Ausdauer und auch ihre Intelligenz ist mit vierzehn Punkten – wenn ich Mana als Indikator nehme – nur ganz knapp unter meiner. Sorgen macht mir auch ihr hohes Level von 43. Sie ist nicht die schutzbedürftige Frau, als die sie die Soldaten hier aussehen lassen. Das Profil meines Bruders dagegen ist nicht so beeindruckend, vor allem seine Intelligenz lässt stark zu wünschen übrig. Er erreicht hier gerade einmal den Durchschnitt. Allein sein Gesundheitsbalken mit zweihundertvierzig Punkten weist auf eine überdurchschnittliche Stärke von dreizehn hin.

Name:	Arian Kyros
Klasse:	Level 31 Aristokrat
Fortschritt:	51 %
Gesundheit:	240 / 240
Manapunkte:	150 / 150
Energie:	259 / 270
Volk:	Mensch

Lilith und Arian heißen sie also. Schade, dass mir meine Analyse nicht mehr Details verrät, beispielsweise, was ich als Sohn und Bruder über sie wissen müsste. Ich wende mich wieder den Aktivitäten der Soldaten zu. Dank ihnen ist das Lager der Kopfgeldjäger nicht wiederzuerkennen. Der gesamte Boden wurde aufgeworfen, regelrecht umgepflügt, es fehlt nur noch, dass einer mit einem Sack Getreidekörnern zu säen beginnt. Ich kichere bei dem Gedanken. Kemal Ramri runzelt kurz die Stirn, doch dann widmet er sich weiter seiner Aufgabe. Was suchen sie bloß? Was sind Kontorslåda?

Stunden vergehen, bis sie auch noch den letzten Quadratzentimeter umgegraben haben. Dabei sind Lilith und Arian nicht weniger tätig, wenn sie auch keine Schaufel oder Hacke schwingen, sondern die Arbeit überwachen. Die Sonne steht schon tief und ich vermute, dass es in ein bis zwei Stunden dunkel wird. Aus den Augenwinkeln sehe ich, wie mein Bruder und meine Mutter sich beraten und dann befehlen, alles zusammenzupacken. Ich taste mich rasch selbst ab, lege meine beiden Plaketten, die kupferne von den Abenteurern und die silberne von der Magiergilde, in meinen Speicher. Sie sollten besser nicht zu viel von meiner Zeit hier in der Gegend um Druyensee wissen.

Heiß und kalt überläuft es mich, als mir Olle einfällt. Verdammt, ihn kann ich auf keinen Fall einfach hierlassen. Silja wird kaum gewillt sein ihn bei sich zu behalten, und ich will nicht, dass er wieder auf der Straße lebt. Als Tierbändiger ist er zwar nicht mehr alleine, aber da er noch so jung ist, kann er auch nicht bei den Abenteurern eintreten und auf diese Weise seinen Lebensunterhalt bestreiten. Nein, ich muss dafür sorgen, dass er mitkommen kann.

»Hast du eigentlich die vier Kisten aus der Kutsche gesehen?«, fragt mich mein Bruder wie aus dem Nichts. Er steht plötzlich neben mir und starrt mich eisig an. »Wir haben fast alles Wichtige aus der Kutsche bei diversen zwielichtigen Gestalten gefunden, aber vier hölzerne Kisten fehlen uns noch. Hast du sie bei den Kopfgeldjägern gesehen?«

Ich schüttele den Kopf. Natürlich weiß ich, dass sie in meinem Speicher sind, aber ich werde sie nicht einfach so herausrücken. Immerhin könnten sie viele Fragen beantworten, auf die ich bisher keine Antworten gefunden habe.

»Komm schon, Raduan, denk nach. Es sind Holzkisten, ungefähr so groß«, er macht eine entsprechende Handbewegung. »Sie standen immer unter den Sitzen in der Kutsche. Du erinnerst dich doch an die Kutsche, oder?«

»Das tue ich!« Meine Antwort fällt energischer aus als beabsichtigt, aber so wie er mich behandelt, muss ich mich wirklich zusammenreißen, ihn nicht verbal zusammenzufalten. Das kann ich schon aus dem naheliegenden Grund nicht, dass der echte Raduan sich vermutlich nie so verhalten hätte.

»Dann denk nach, du bist aus der Kutsche entkommen, ja? Die Angreifer haben dich nicht umbringen können. Bist du bei dem Angriff aus der Kutsche gefallen, ohne dass es jemand gesehen hat?«

Sieh einmal einer an, Arian versucht eine Erklärung für das Unmögliche zu finden. Gerne doch, das klingt plausibel, also nicke ich.

»Wusste ich es doch, anders hättest du ihnen auch nicht entkommen können. Aber zurück zu den Kisten, also …«

Mein Bruder löchert mich noch eine ganze Weile, bis Lilith kommt und dem ein Ende setzt. Sie befiehlt den zwei Soldaten, die Sänfte aufzunehmen, und erneut geht es durch den Wald. Dabei nehmen wir einen ausgetretenen Wildpfad, den schon die Kopfgeldjäger genutzt haben, und kommen rasch voran. Ich schaue auf meine Karte und erkenne, dass wir geradewegs auf den Waldweg zuhalten, auf dem die Kutsche überfallen wurde.

Dann endlich treten wir aus dem Wald. Die Sonne steht nun wirklich tief, aber dafür warten vier Kutschen, Dutzende Pferde und eine weitere Reihe an Soldaten sowie Zivilisten auf uns. Letztere scheinen vor allem Diener zu sein, die sich gewöhnlich um die leiblichen Bedürfnisse der Kyros' kümmern. Ich nehme an, meine Mutter wollte sie nicht im Wald dabeihaben. Ich werde von der Sänfte gedrängt und direkt in die vorletzte Kutsche gesetzt. Lilith hindert Arian daran, mir zu folgen, und deutet auf die Kutsche, die davor in der Reihe steht. Dafür steigt sie nach mir ein. Aus dem Fenster beobachte ich, wie alle Soldaten aufsitzen und die Diener sich auf die anderen beiden Wagen verteilen. Nur eine Frau, die vielleicht ein Jahrzehnt älter ist als meine Mutter, kommt zu uns in die Kabine. Sie streichelt mir vertraulich den Arm, als würde sie sich freuen, mich zu sehen, und drückt einmal Liliths Hand. Worte bedarf es bei diesen Gesten nicht, um zu verstehen, dass sie Lilith sehr nahestehen muss.

Lampen werden entzündet und an die Seiten der Kutschen gehängt, bevor sich unser Zug in Bewegung setzt. Die Federung der Wagen leistet bei dem unebenen Untergrund Schwerstarbeit und das Quietschen ertönt ohne Unterlass, dennoch werden wir bei der Geschwindigkeit hin- und hergeworfen, bis meine Mutter gegen die Holzwand klopft und das Tempo beträchtlich abnimmt. Alle Wagen passen sich innerhalb von Sekunden an.

»Schatz, was hast du nur die ganze Zeit allein hier gemacht?« Lilith rückt näher an mich heran und legt mir fürsorglich einen Arm um die Schulter. Mir fällt es immer schwerer zu glauben, dass sie meinen Tod wollte. Vielleicht steckt ja wirklich nur mein Vater hinter dem Plan?

»Ich … ich habe versucht zu überleben.«

»Aber warum bist du nicht zur Stadt gelaufen? Der Graf von Druyensee hätte sich sofort um dich gekümmert.«

Ich könnte abstreiten, von der Stadt zu wissen, doch damit verbaue ich mir auch jede Chance, Olle in meine Nähe zu holen. »Ich hatte Angst. Angst, dass die Banditen zum Grafen gehören. Sie waren nicht wie Räuber gekleidet.«

»Hör doch, Lilith, der Monat hat Raduan anscheinend gutgetan. Er redet viel verständiger als früher.« Die Vertraute meiner Mutter drückt mich einmal fest an ihren Busen, dass ich für einen Moment keine Luft bekomme.

»Das stimmt, Minu. Das Erlebnis hat ihn gefordert und er musste sich rasch weiterentwickeln. Das kann nur der Segen der Kyros' sein.«

»Kyros' Segen, Raduan kann sich glücklich schätzen! Nur leider hat es nichts an seiner Statur geändert … oder an seinem Aussehen.« Das Letzte flüstert sie und es klingt fast wie eine Entschuldigung. Wie um das zu überspielen, wird sie auf einmal ganz aktiv. Sie setzt sich zu uns und klappt auf der gegenüberliegenden Seite die Sitzbank nach oben. Darunter kommen Kleidungsstücke zum Vorschein. Mit geübter Hand zieht sie mehrere Stücke heraus und ich erkenne feinstes Tuch. »Zieh dich aus, Raduan. So kannst du nicht in die Stadt, du musst deinem Stand gemäß auftreten«, murmelt sie. Meine Mutter, die wohl befürchtet, dass ich die leisen Worte nicht verstanden habe, wiederholt sie ein wenig lauter.

Als ich dann aber noch immer keine Anstalten mache, mich auszuziehen, entkleidet sie mich kurzerhand selbst. Nicht einmal meine Unterhose lassen sie mir. Sie wirft alles aus dem Fenster und verzieht das Gesicht. So schmutzig waren die Sachen nun auch nicht, immerhin bin ich damit im See geschwommen. Aber die letzten Tage waren insgesamt ein wenig hektisch, da ist es doch wohl verständlich, dass ich nicht dazu kam, mich richtig zu waschen. Minu legt die Kleidung zur Seite, zieht ein feines Stofftuch aus einer ihrer Taschen im Kleid, befeuchtet es mit einem Schuss Wasser aus einer Flasche und wischt die Hände meiner Mutter sauber.

Ich will aber nicht nackt abwarten, also ziehe ich mich selbst an. Manche Teile bereiten mir zwar Schwierigkeiten, vor allem der Leibwäsche stehe ich zuerst ratlos gegenüber. Es ist keine normale Unterhose, wie ich sie kenne, sondern erinnert an einen Lendenschurz, ein Stück Stoff, das offenbar auf eine bestimmte Art umgebunden werden muss. Als einfacher Junge, der ich bis vor dem glücklichen Wiedersehen mit meiner Familie war, gab es solche Schwierigkeiten nicht. Die Leute von der Straße tragen zwar auch Lendenschurze, doch diese sind nicht halb so kompliziert und ähneln eher einer Unterhose von der Erde. Ein wenig verzweifelt gleitet mein Blick über die anderen Sachen. Beim Adel scheinen Kleidungsstücke mit einer übersichtlichen Zahl an Knöpfen und geradem Schnitt verpönt zu sein. Und es gibt deutlich mehr Schnüre zum Festziehen und Stoffklappen, um Körperteile zu betonen oder zu verdecken, als ich mir hätte träumen lassen. Doch mit ein wenig Logik und Probieren komme ich ganz gut durch.

»Fast richtig, mein Schatz.« Meine Mutter öffnet einige Knöpfe, zieht mehrere Stoffstreifen aus einem seitlichen Schlitz und bindet eine Schleife, bevor sie die Knöpfe darüber schließt. »So sieht es noch besser aus. Du hast dich wirklich entwickelt, früher wärst du schon an der Unterwäsche gescheitert.«

Minu reibt mir mit dem feuchten Tuch noch energisch über Gesicht und Hände und zieht dann aus dem Nichts eine Schere heraus und trimmt mir das Haar. Es gibt kein »Oje« oder »Ach du meine Güte« und das trotz des Schwankens und der Hopser unseres Gefährts. Mit einer Bürste beseitigt sie hinterher alle Haare von meiner Kleidung und hält mir einen Spiegel vors Gesicht. Also eine Art Spiegel, streng genommen ist es ein blankpoliertes Stück Metall, das mein Spiegelbild verzerrt wiedergibt. Aber zum ersten Mal sehe ich mich, und was ich sehe, gefällt mir kein bisschen. Ein hageres Gesicht, eine zu lange, scharfe Nase, drei Leberflecke auf der rechten Wange, die Ohren zu groß und die Augenbrauen buschig und kurz davor, zusammenzuwachsen. Ich wusste ja immer, dass ich bei fünf Charismapunkten keine Schönheit bin, aber dieser Anblick lässt mich schlucken. Wie heißt es so schön? Nur eine Mutter kann dieses Gesicht lieben. Ich balle die Hände und verwünsche einmal mehr Roger Jones, den Dieb von neun Punkten meines Charismas.

• • •

Am Stadttor werden wir genauso wenig aufgehalten wie am Zugang zum Palast des Grafen. Ich hätte gedacht, dass wir in einem Gasthaus absteigen, doch anscheinend erwartet man uns hier bereits. Der Graf, zu dessen Herrschaftsgebiet die Ländereien rund um Druyensee und die Stadt selbst gehören, steht in der Rangfolge offiziell unter der Familie Kyros, die ein ganzes Reich beherrschen. Und so gibt sich seine Dienerschaft größte Mühe, uns dienlich zu sein. Sie umschwärmen uns, bringen warme, feuchte Tücher, um uns Gesicht und Hände zu reinigen, reichen gleich hinter der Türschwelle Wein und Met. Dienerinnen stehen bereit, damit wir uns an den Häppchen bedienen können, die sie auf großen Platten anbieten, und hinter ihnen stehen Diener mit Stühlen in der Hand, falls wir nach der langen Kutschfahrt noch nicht genug gesessen haben und, statt zu stehen, lieber sitzen wollen.

Meine Mutter stolziert wie mein Bruder an allen vorbei. Es ist unter ihrer Würde, mit Untergebenen zu reden, und so bleibt es Minu überlassen, der wartenden Dienerschaft die Wünsche ihrer Herrschaft mitzuteilen. Sie tut es im Vorbeilaufen, denn nie im Leben wäre es ihr eingefallen, meine Mutter allein zu lassen. Dass sie nicht im Wald mit der Suchtruppe unterwegs war, hat ihr sicherlich schon einiges abverlangt. Aber gut, sie muss über fünfzig sein, da wäre eine stundenlange Waldwanderung vielleicht zu anstrengend gewesen.

Wir werden durch den Palast geleitet, bis wir im Südflügel ankommen. Bisher war alles, an dem wir vorbeikamen, aus Marmor, Gold, Seide und Pelz. Entweder ist der Reichtum des Grafen unerschöpflich, oder er will uns beeindrucken. Auf jeden Fall bemerkt selbst mein Bruder den Prunk und macht eine abfällige Bemerkung. Leise zwar, doch die Dienerschaft dürfte es mitbekommen haben. Vielleicht ist das durchaus gewollt. Die Spielchen und Intrigen der Adligen … Ich sollte mich besser früher als später darin üben. Immerhin scheint der alte Raduan das letzte Spiel verloren zu haben, denn warum sonst wurde er zum Bauernopfer?

Das Zimmer, das man mir zuweist, ist eher eine prachtvolle Suite mit gepolsterten Möbeln, einem schweren edelsteinbehängten Deckenlüster, goldenen

Bechern und geschliffenen Weinkaraffen. Es gibt sogar eine direkte Verbindungstür von meiner Suite zu der meiner Mutter.

»Malikan Raduan, darf ich Euch einen Schluck anbieten?«

Erschrocken drehe ich mich um. Ich hatte mich allein gewähnt, aber da steht eine junge Frau. Sie muss um die achtzehn sein und sie hält ein Tablett mit einem silbernen Kelch in den Händen. Darin ist eine gelbe Flüssigkeit und der Geruch von Honigwein steigt mir in die Nase.

»Vielen Dank, aber ich bin durstig von der Reise. Wasser wäre schön.«

»Wasser?«, hakt sie nach. »Aber wir haben Wein aus Seltz, Perlwein aus Champy und …«

»Wasser, bitte.«

»Natürlich, Malikan.« Sie stellt das Tablett ab und läuft zur Tür. Dort steckt sie nur den Kopf hinaus und flüstert etwas. Danach dreht sie sich wieder zu mir und lächelt mich an. »Das Wasser wird bald kommen.«

Ich nicke und trete ans Fenster. Sie hat mich Malikan genannt, meine Mutter ist Malika und mein Vater Malik. So lauten die Titel also in Eiban, wenn nicht auch in dessen Nachbarreichen. Wie wird der Herrscher hier genannt, der über dem Grafen steht? Fragen will ich lieber nicht und so schaue ich hinaus. Wir befinden uns hier gut zehn Meter über dem Boden.

Ich kann nur knapp über die Palastmauer hinwegsehen, aber auch der Anblick innerhalb der Mauern ist beeindruckend. Unter mir erstreckt sich eine Pferdekoppel mit den edelsten Reitpferden. Hier werden wohl kaum einfache Soldaten ihre Tiere untergebracht haben, eher die Grafenfamilie oder bestenfalls Generäle. Die Ställe sind aus dickem weißem Granit, die Dachziegel glänzen im Mondlicht, als wären sie eben erst frisch gebrannt worden.

»Malikan Raduan, wenn Ihr eine Erklärung braucht, dort seht ihr …« Statt auf eine Antwort zu warten, beginnt sie sogleich zu reden. Dabei steht sie ungebührlich nah bei mir, keine Handbreit trennt uns. Ihr Dekolleté verbirgt weniger als es enthüllt und der Geruch von Rosenseife steigt von ihr auf. Seit wann kann sich eine junge Dienerin parfümierte Seife leisten? Und vor allem riecht sie, als hätte sie erst kürzlich gebadet. Irgendwas stimmt hier nicht.

Die Tür zum Zimmer öffnet sich und ich trete rasch von der jungen Frau weg und drehe mich um. Statt aber einen Diener mit einer Karaffe mit Wasser zu sehen, kommt eine ganze Kette von Dienern herein. Alle tragen Wassereimer mit dampfendem Inhalt und laufen schnurstracks in das Zimmer, in dem ich eine Badewanne beim Öffnen der Tür sehe.

»Nein, nein, der Malikan möchte frisches Wasser trinken, nicht baden!« Die Dienerin eilt zu den Männern.

»Das Bad nehme ich auch, aber wenn ich jetzt etwas zu trinken bekommen könnte …«

Diesmal muss ich nicht lange warten, höchstens zehn Minuten. Anscheinend liegt die Küche nicht gerade um die Ecke, aber das Wasser ist es wert. Was auch immer sie für eine Quelle haben, es ist frisch, klar und unglaublich wohlschmeckend. Ich habe auf der Erde schon Witze über Wassersommeliers gemacht, hier könnte ich Verständnis für den Berufsstand entwickeln.

Nachdem endlich alle Diener weg sind, ich mir drei Häppchen gegönnt habe, die als prompte Reaktion auf mein Magenknurren von irgendwoher gezaubert wurden, will ich endlich baden. Was für ein Luxus. Ich schließe die Tür hinter mir, die jedoch sogleich wieder geöffnet wird.

»Ich helfe Euch, Malikan.«

Bevor ich mich wehren kann, streift sie mir die Kleidung ab und ich stehe splitterfasernackt da. Schamvoll bedecke ich mich, zumindest vorne, doch sie kichert bei meiner Reaktion nur. Ich steige schnell ins Wasser und bin erleichtert, dass sie hier auch so etwas wie Badeschaum kennen. Als sie jedoch zum Schwamm greift, hebe ich abwehrend die Hände.

»Das reicht, ich kann alleine baden!«, fahre ich sie unwirsch an.

Statt sich demütig meiner Anweisung zu beugen, kichert sie wieder, streckt sich vor, sodass ich einen wirklich tiefen Einblick in ihr Kleid bekomme, und fährt mir mit dem Schwamm über den Arm. »Aber das ziemt sich doch nicht für den Sohn des großen Bardiya Kyros.«

Ist es das? Hat sie es deswegen auf mich als Prinzen … äh … Malikan abgesehen? Nun, Geld lässt einem vielleicht schlechtes Aussehen vergessen, aber ich vermute dennoch, dass es meinen Charme nicht so weit anheben kann, dass sie sich mir freiwillig derart an den Hals wirft. Hat sie möglicherweise Anweisungen bekommen, mich zu verführen? Wenn ja, warum? Damit ich mich hier wohlfühle oder damit der Graf bei Bedarf auf einen Skandal zurückgreifen kann? Ich muss mehr über Intrigen wissen! Ich öffne meine Skillliste und suche unter den klassenspezifischen Skills für Aristokraten.

Skill Hofpolitik erlernt, Rang 1 – Stufe 1.
Bring mir den Kopf meines Feindes und ich werde dein bester Freund sein, zumindest für den Augenblick. Traue niemals einem Versprechen, sofern du die Person nicht absolut in der Hand hast.

Skill Hofpolitik verbessert, Rang 1 – Stufe 5.
Was treibt dein Gegenüber zu seinem Handeln? Ist es das Streben nach Ehre oder Macht oder schlichtweg Gier? Erkenne die tieferen Beweggründe für die Handlungen deiner Umgebung. Einschränkung: Dein Skilllevel muss höher sein als das deines Gegners.

Gleich fünf Skillpunkte habe ich ausgegeben. Aber ich glaube, es war eine notwendige Investition. Auf jeden

Fall betrachte ich die Dienerin nun mit neuen Augen. Auf einmal fällt mir ihr geschäftsmäßiger Gesichtsausdruck auf. Sie tut es definitiv nicht, weil sie mir gegenüber herzliche Gefühle hegt. Außerdem sollte sie als Dienerin eine Art Band um die Brüste tragen, die hiesige Entsprechung eines BHs, damit sie nicht so unziemlich herumwackeln. Dass sie darauf verzichtet hat, ist kein Versehen. Mein Skill flüstert mir Dinge zu, zieht seine Schlüsse aus dem, was sich ihm offenbart. Doch mir ist die Warnung sehr bewusst: Der Skill ist nicht unfehlbar und die junge Dienerin wird in der Hofpolitik geübt sein, immerhin steht sie dem Adel nahe. Vielleicht besitzt sie gar Täuschung als Skill, der gezielt gegen meine Hofpolitik arbeitet und meine Fähigkeit dadurch herabstuft.

»Es reicht, ich weiß, ich bin leichte Beute, weil ich jung bin, aber ich habe keine Verwendung für solcherlei Dienste.« Meine Stimme ist rau, verflixter hormongesteuerter Körper. Ein junger Bursche reagiert eben viel zu stark auf visuelle und haptische Reize.

»Was für Dienste denn?« Ganz unschuldig raunt sie mir die Worte ins Ohr und ich kann nichts dagegen tun, dass ich eine Gänsehaut kriege. Neben der Erektion. Sie kichert erneut, und auch wenn ich weiß, dass es nur gespielt ist, vernebelt sich mein Geist, als sie einfach mit der Hand zulangt. »Soll ich denn aufhören, Malikan?« Das Auf und Ab ihrer Hand nimmt an Intensität zu und als ich nicht antworte, steht sie auf, streift das Kleid ab und steigt zu mir in die Wanne. Mein getrübter Geist erfreut sich an ihrem Aussehen, den wohlgeformten Beinen, dem wunderschönen Busen. Sie lässt mir Zeit, sie zu betrachten, bis sie ihre Füße links und rechts von mir stellt und sich direkt auf meinen Schoß setzt. Ich gleite direkt in sie hinein. Ich stöhne, was für ein Gefühl, wie lange habe ich das nicht mehr gespürt. Sie bewegt sich langsam, sie weiß, was sie tut. Mit meinem letzten klaren Gedanken wähle ich einen Skill, der mir vorhin ins Auge gefallen ist.

Skill Verhütung erlernt.
Eine gute Kinderplanung schützt dich vor Skandalen,
die du dir als Adliger nicht leisten kannst.

Keine Sekunde zu früh. Sie lässt nun die Hüften kreisen und ich gebe mich ihr ganz hin, vergrabe mein Gesicht zwischen ihren Brüsten und halte sie eng umschlungen.

Kapitel 2

Danach steigt die Dienerin rasch aus der Wanne, trocknet sich ab, zieht sich an und geht in den Hauptraum, als wenn nichts gewesen wäre. Ich dagegen weiß kaum, wo oben und unten ist. Was war das denn? Bisher haben mich die Frauen in dieser Welt nicht groß interessiert. Ich bin und bleibe ein alter Sack in dem Körper eines Vierzehnjährigen. Auch wenn sich die Hormone mal stärker bemerkbar machen, ist mein Interesse nie so heftig, dass ich es nicht mit einem Gedanken beiseitelegen könnte.

Dumpfe Kopfschmerzen habe ich außerdem und ich reibe mir über die Stirn. Ist das Wasser einfach zu heiß? Ich steige aus der Badewanne, doch meine Beine tragen mich nicht, sodass ich mich an ihren Rand klammern muss. Was zum …?

Ich kann mich kaum an den Akt erinnern, das ist mir sonst, also auf der Erde, auch nie passiert. Misstrauisch öffne ich das Menü und gehe zu den Logeinträgen, wo alle Statusänderungen, Angriffe, Siegesmeldungen und dergleichen chronologisch verzeichnet sind. So ist das also!

Debuff: Willenloser Liebhaber, Dauer: 30 Minuten, Effekt: verringerte geistige Aktivität, gesteigerte sexuelle Lust.

Sie muss mich mit einem Zauber belegt oder mir Alchemie eingeflößt haben, aber wie und wann? Wenn sie zaubert, muss sie doch gewiss einen Spruch aufsagen wie alle Magier hier, und das dauert und ist vor allem nicht möglich, ohne dass ich es merke. Oder gibt es auch visuelle Zauber und sie hat ihren Körper mit diesem Effekt …? Ich schüttele den Kopf. Das wäre ein extrem fortgeschrittener Zauber und ich kann mir nicht vorstellen, dass eine Dienerin von höchstens achtzehn Jahren ihn bereits beherrscht. Selbst die Heiler der Magiergilde mussten alle alt und grau werden, bevor sie richtig heilen konnten.

Da keine Kleidung bereitliegt, wickle ich mich in ein Handtuch und verlasse das Bad. Die Dienerin packt gerade einen Koffer aus, der wohl meinem Bruder gehört, und als sie mich bemerkt, lächelt sie mich an.

»Kann ich Euch beim Ankleiden helfen?«

Name:	Heli Andreasson
Klasse:	Level 9 Spionin
Fortschritt:	21 %
Gesundheit:	130 / 130
Manapunkte:	150 / 150
Energie:	118 / 210
Volk:	Mensch

Wusste ich es doch. Sie ist keine einfache Dienerin, sondern eine Spionin. Hat sie mich ausgefragt? Ich kann mich kaum erinnern, aber ich glaube schon. Wollte sie nicht wissen, was ich in der Zeit nach dem Raubüberfall gemacht habe? Was habe ich geantwortet? Dass ich für die Abenteurer- und die Magiergilde tätig war. Mist! Mein Geheimnis ist damit aufgeflogen, obwohl … Ich meine mich zu erinnern, dass sie mich für meine Angeberei ausgeschimpft und mich erneut intensiv befragt hat. Anscheinend hat sie mich für einen Prahlhans gehalten, das ist gut. Kein Wunder, dass sie noch nicht zum Grafen gelaufen ist. Alles, was ich ihr gesagt habe, klingt zu unglaublich, als dass es wahr sein könnte.

»Die Kleidung ist ein wenig groß. Gehört sie Eurem Bruder? Soll ich den Schneider rufen, damit er sie anpasst?«

Ohne dass ich groß darauf geachtet hätte, hat sie mich schon halb angekleidet und sie hat recht. Ohne die Fähigkeiten meiner Mutter, die es irgendwie geschafft hat, dass mir die Sachen von Arian wie angegossen passen, sehe ich geradezu lächerlich in dieser Kleidung aus. »Mach das, so kann ich mich nicht sehen lassen.«

Heli lächelt mich an, legt mir ihre Linke an die Wange und sofort schießt mir das Blut in den Kopf. »Oder wollen wir vorher noch …«

Die Tür wird aufgerissen und meine Mutter platzt herein. Sie sieht sofort, wie nah Heli bei mir steht. Zwar sagt sie kein Wort, aber ihr Blick könnte, unterstützt mit einem Punkt Mana, wahrscheinlich den halben Palast niederreißen. Heli ist schneller geflüchtet, als ich vor einem Terrorbären wegrennen würde.

»Raduan, pass bloß auf! Der Graf hat auch deinem Bruder bereits seine Spionin geschickt. Sieh mir mal in die Augen. Ach du meine Güte, hier, trink das.« Lilith schnippt mit den Fingern und Minu, ich habe sie hinter meiner Mutter gar nicht gesehen, reicht ihr einen Trank. Ich starre die Flasche nur an, bis meine Mutter die Augen verdreht, den Korken mit den Zähnen herauszieht und mir den Inhalt einflößt. »Damit wird die Alchemie aufgehoben und was immer sie dir verabreicht hat, unschädlich gemacht. Du hast doch nichts getrunken, was sie dir angeboten hat? Sieh mich an, hast du etwas getrunken, was sie dir gereicht hat?«

»Nur Wasser.«

»Wasser?« Ich nicke. »Gut, Potential Vigul ist leicht aus Wasser herauszuschmecken und es ist dazu noch rot. War das Wasser klar?«

»Ja, Mutter.« Mein Geist klärt sich mit einem Mal vollständig und jetzt erst bemerke ich, wie tiefgreifend die Beeinflussung war.

»Sehr gut. Sie muss es auf deine Haut aufgetragen haben, wahrscheinlich auf deine Wange, wo sie ihre dreckige Hand hatte. Geh dein Gesicht waschen, Raduan.«

Im Bad wasche ich mich gehorsam und das prickelnde Gefühl auf der Wange verschwindet sofort. Das reicht mir als Bestätigung, dass es wirklich Alchemie sein muss, womit Heli arbeitet. Ich öffne die Skillliste und suche nach Skills, die mir beim nächsten Mal helfen würden.

Fester Wille, dein Geist kann nicht mehr so leicht manipuliert werden.

Herz aus Stein, dich erreichen menschliche Gefühle nicht mehr.

Autonomie, du – und nur du – entscheidest, was du tust.

Diese drei Skills wären wohl noch am besten geeignet. Doch Fester Wille wirkt vor allem gegen Zauber, weniger gegen Alchemie. Herz aus Stein würde mich zum eiskalten Soziopathen machen, den die Emotionen anderer nicht berühren, und Autonomie kann mich leicht zum überheblichen Arsch degradieren, der auf keinen Rat hört. Natürlich habe ich die Fähigkeiten zwar so mit Yolanda Pineda, meiner Entwicklerin für Skills, abgesprochen, aber immer nur für ein Computerspiel. Herz aus Stein hätte selbstverständlich nicht den Geist eines Spielers beeinflusst, nur seinen Avatar. Rechtlich ist anderes auch gar nicht möglich, aber in dieser Welt bin ich nun mal Spieler und Avatar in einem.

Nein, es wäre eine Verschwendung von Skillpunkten. Fester Wille wäre trotz allem am besten gewesen, aber je Stufe unterdrückt er nur zehn Prozent der manipulativen

Einwirkung. Also würde er im besten Fall zehn Skillpunkte fressen, bevor ich mir sicher sein kann, dass ich vor der Beeinflussung durch einen Zauber immun bin. Gegen Alchemie ist er außerdem weiterhin so gut wie nutzlos. Aber vielleicht gehe ich das Ganze ja auch falsch an. In der Badewanne hat Heli mich nicht von einer Sekunde auf die nächste überrumpelt, obwohl es schon schnell ging. Doch wenn ich vorbereitet wäre, dann könnte ich mich selbst von jedem Effekt befreien, oder nicht?

Die hochspezialisierten Fähigkeiten der Heilerklasse sind mir zwar nicht zugänglich, aber es gibt ähnliche Skills, die sich jeder sichern kann.

Skill Reinigung erlernt, Rang 1 – Stufe 1.
Debuffs können mit einer Wahrscheinlichkeit von 15 % beseitigt, mit einer Wahrscheinlichkeit von 10 % abgeschwächt werden. Die Wahrscheinlichkeit, dass einer der beiden Effekte eintrifft, liegt jedoch nie unter 25 %.
Kosten: 50 MP.

Das ist gut, aber nicht gut genug, vor allem sind die Kosten zu hoch. Ich könnte maximal sechsmal einen Versuch starten und dann wäre mein Manavorrat für jeden weiteren Kampf leergesaugt. Also weitere drei Punkte in den Skill.

Skill Reinigung verbessert, Rang 1 – Stufe 4.
Debuffs können mit einer Wahrscheinlichkeit von 45 % beseitigt, mit einer Wahrscheinlichkeit von 33 % abgeschwächt werden. Die Wahrscheinlichkeit, dass einer der beiden Effekte eintrifft, liegt jedoch nie unter 78 %.
Kosten: 20 MP.

Damit kann ich leben. Ich gehe schnell zu der Suite meiner Mutter hinüber, die mich jetzt schon mehrmals gerufen hat. Das Abendessen mit dem Grafen wartet nicht.

• • •

Nicht gut. Die gesamte Familie ist anwesend und sitzt bereits an der Tafel: der Graf, seine Frau, seine Kinder – und darunter natürlich Jorunn. Sie, die ich auf dem Turm mit Krister bei einem Stelldichein erwischt habe. Tatsächlich runzelt sie bei meinem Anblick die Stirn und ich schaue rasch weg. Ja, wir Menschen aus Eiban sind auffälliger, denn wir haben keinen blassrosa, sondern einen braunen Teint. Und besonders viele von uns gibt es in der Stadt auch nicht. Doch immerhin trage ich nun feinste Adelskleidung, die mir wieder wie angegossen passt. Keine Ahnung, wie meine Mutter das ohne Nadel und Faden geschafft hat. Ich bin gewaschen und dank Minus Haarschneidekunst in der Kutsche trage ich eine, so hoffe ich, modische Frisur, zumindest ist mein Haar nicht mehr völlig zerzaust. Selbst mein Charisma ist leicht gestiegen, ich habe temporär einen sechsten Punkt, woran wohl die Schminke schuld ist, die mir Minu gekonnt und dabei dezent aufgetragen hat. Schminken war auf der Erde Jahrtausende lang bei Männern eines gewissen Standes sehr verbreitet und ein Statussymbol. Erst mit der Industrialisierung endete diese Praxis allmählich, nur um im 21. Jahrhundert langsam wieder aufzukommen. Auch wenn ich selbst nie ein Fan davon war, kann ich mich mit diesem Gedanken anfreunden, hier und jetzt damit mein Aussehen zu verbessern.

Der Zeremonienmeister kündigt uns an und wir werden zu unseren Plätzen geführt. Ich lande nicht direkt neben Jorunn, dafür auf einem Stuhl ihr gegenüber. Ihrem Gesicht ist das Desinteresse abzulesen, bis sie sich auf ihre Stellung besinnt. Egal, wie uninteressant ich für sie bin, ich stehe, was den gesellschaftlichen Rang angeht, über ihr und sie muss wie ihre Geschwister, die neben mir sitzen, die Form wahren. Die Nachkommen des Grafen haben auf jeden Fall alle das Charisma-Füllhorn über sich ausgegossen bekommen. Ob Söhne oder Töchter, sie sind alle so makellos wie Statuen, kein Schönheitsfehler ist zu sehen, nicht einmal Pickel oder andere kleine Störungen des Gesamteindrucks. Dementsprechend meine ich auch ihre herablassenden Blicke auf mir zu spüren. Ich passe offensichtlich nicht unter diese schönen Menschen, sondern eher in die Gosse, und sie müssen sich zwingen, mich anzulächeln.

Debuff Niedergeschlagenheit: -33 % Geselligkeit, -40 % Charisma.

Wollt ihr mich auf den Arm nehmen? Reinigung, Reinigung, Reinigung … Erst beim dritten Mal verschwindet der Debuff und ich atme erleichtert auf. Meine Stimmung hebt sich tatsächlich ein Stück. Habe ich mir gerade selbst mit meinen Gedanken einen Debuff verpasst? Mein neuer Skill hat sich auf jeden Fall schon bewährt.

»Sagt, Malikan Raduan …«, die Schwester von Jorunn macht eine Kunstpause und sieht mich erwartungsvoll an. Ich brauche ein paar Sekunden und fast hätte sie weitergesprochen, bis es bei mir Klick macht, und ich weiß, was sie will.

»Aber bitte«, rasch bemühe ich meinen Analyseskill, um ihren Namen zu erfahren, »Freya, wir sind doch unter uns. Nennt mich einfach Raduan.«

Sie lächelt gezwungen, anscheinend habe ich perfekt widergespiegelt, dass ich ein wenig langsam bin.

»Wie freundlich von Euch, Raduan.«

Mir kommt die höfliche Anrede in Verbindung mit dem Vornamen ein wenig seltsam vor, aber das scheint hier die höfische Etikette zu sein. Ach egal, bis zu Beginn des 20. Jahrhunderts haben Kinder sogar ihre Eltern gesiezt.

»Aber sagt doch, was habt Ihr in den Wochen nach dem bestialischen Überfall auf Eure Kutsche getan?«

Nun verstummen die Gespräche am gesamten Tisch, auch das des Grafen am Kopf der Tafel, der gerade noch meine Mutter mit einer Anekdote unterhalten hat. Selbst mein Bruder, der bei den Erwachsenen sitzen darf, während ich hier bei den Rangniederen der Familie platziert wurde, sieht neugierig zu mir.

»Ach, wisst Ihr …«, der warnende Blick meiner Mutter spricht Bände: Sag bloß nicht, dass du die Angreifer für die Soldaten des Grafen gehalten hast! Zumindest interpretiere ich ihren Blick so, aber das hatte ich gar nicht vor. »Ich irrte zu Beginn ziellos durch den Wald.«

»Aber wie habt Ihr nur den Angriff überlebt, ich meine …« Jorunn verstummt und läuft rot an. Sie kann nicht aussprechen, was sie gedacht hat: dass ich halber Hering doch nie und nimmer einen Kampf überstehen würde.

»Zufall und göttliches Eingreifen, Ibris sei gepriesen.« Jetzt atmen wirklich alle scharf ein. Den Gott zu nennen, muss ein Fauxpas gewesen sein, wahrscheinlich sind alle Adligen Anhänger von Halver, der der Geburt mehr Gewicht beimisst als der persönlichen Leistung. »Oder das Schicksal hat seine rettende Hand über mich gehalten.« Ein paar gerunzelte Stirnen gibt es noch, aber sie glätten sich rasch. »Auf jeden Fall bin ich in einer Kurve – die Pferde galoppierten mit voller Geschwindigkeit, damit wir entkommen – aus der Kutsche gefallen. Die Tür öffnete sich unverhofft und im nächsten Moment lag ich im Dickicht. Das hat mir wohl das Leben gerettet und das gleich zweimal. Einmal durch die weiche Landung und das zweite Mal dadurch, dass ich mich verstecken konnte.«

Ich hole nun weiter aus, beschreibe die Schrecken des Angriffs, meine Wanderung durch den Wald und berichte auch vom Waldschreck. Ich erwähne sogar den Holzfäller am Ende mitsamt der Wache. Warum auch nicht, ich habe nichts Falsches getan, nur erwähne ich nicht, dass ich bei ihnen noch einiges an Beute gemacht habe. Hier hakt tatsächlich der Sohn des Grafen ein. Er heißt Gylfi, wie mir meine Analyse verrät. Wirklich, ich liebe diesen Skill.

»Sagt, Raduan, habt Ihr dort auch Pilze gefunden? Solche mit roter Kappe, der Stiel blau-gelb und selbst in der Nacht gut zu erkennen, da das Blau im Dunkeln leicht schimmert?«

Ich weiß natürlich genau, wovon er spricht: vom Gemeinen Rotseitling. Ein seltener, kostbarer Pilz und wirklich kein Gewächs, das sich legal sammeln lässt, wenn er nicht beim gewöhnlichen Schlagen von Holz zufällig gefunden wird. Und wie ich laut Beschreibung meines Skills weiß, ist er auch absolut köstlich. Die

Ernte dieser Pilze wurde im Allgemeinen verboten, da er im Herz der Bäume wächst und dafür früher ganze Wälder gerodet wurden. Aber wenn es jetzt welche gäbe, praktisch als Nebenprodukt, da illegitime Holzfäller von einem Waldschreck getötet wurden, dann würden sie selbstverständlich dem Adel gebühren. Doch die dreiunddreißig Exemplare, die ich gefunden habe, stecken sicher in meinem Speicher. Beinahe wäre es mir es wert gewesen, sein Gesicht zu sehen, wenn ich sie hervorzaubern würde, aber eben nur beinahe.

»Ich habe leider nichts dergleichen gesehen. Was für Pilze sind das?«

Gylfi hat offenbar schon einmal einen gegessen. Beim offiziellen Holzfällen wurden ein paar gefunden, erzählt er nun, und, wie es das Gesetz in dieser Grafschaft vorsieht, zum Palast gebracht. Er schwärmt von dem Geschmack, den belebenden Eigenschaften und scheint sich gar nicht mehr einkriegen zu können. Irgendwann schalte ich ab und lasse ihn reden. Das Gespräch am Tisch setzt langsam wieder ein, bis Jorunn dann doch noch einmal auf das Thema meines ungeklärten Verbleibs zurückkommt.

»Aber zwei Wochen müsst Ihr in der Stadt gewesen sein, wie habt Ihr hier überlebt?«

Puh, schwere Frage. Vor allem überlege ich, ob das die perfekte Gelegenheit wäre, Olle zu erwähnen. Ich könnte ihn auf diese Weise meiner Mutter als Ersatz für meinen Kammerdiener andrehen, damit er in meiner Nähe bleiben und ich mich um ihn kümmern kann. Ich sollte versuchen, ihm eine gute Stellung zu verschaffen, um ihm zu einem Einkommen zu verhelfen. Doch ich brauche sie nicht anzusehen, um zu wissen, dass sie dagegen wäre. Er ist nicht von edler Geburt wie Minu, die als Tochter eines Barons, wie ich aus einem Nebensatz erfahren habe, die höfischen Regeln kennt. Es ist nicht selten, dass Kammerdiener und andere nahestehende Diener aus dem Adel stammen, immerhin sind sie in ihrer Stellung der herrschenden Familie nahe und haben immer deren Ohr. Diese führen natürlich keine niederen Arbeiten aus, dafür gibt es andere Untergebene. Ach, diese komplizierte Welt.

»Vielleicht hat er sich als Abenteurer verdingt, ich hörte, die Magiergilde zahlt gut für Missionen.« Die Stimme des Grafen dröhnt durch den Raum und alles lacht. Vollkommen unmöglich, dass ich so etwas tun würde. Doch auch wenn er hier nur einen Scherz zelebriert, weiß ich nun definitiv, dass Heli ihm alles berichtet hat, selbst den »Unsinn«.

Lilith lacht zwar auch, und ihr helles Lachen verzaubert die Männer reihenweise, doch kann ich die Andeutung einer gerunzelten Stirn bei ihr entdecken. Wie heißt es so schön: gute Miene zum bösen Spiel machen? Ich wette, ihre Gedanken rasen, um jedes Wort auf die Goldwaage zu legen, einzuordnen und später gegen den

Sprecher zu verwenden. Keine Ahnung, warum, aber ich habe absolut keinen Zweifel daran. Vielleicht hat Raduans Körper diese Erfahrung so verinnerlicht, dass selbst ich auf das Wissen zugreifen kann.

Die Zeit zur Antwort ist vorbei, da das Essen aufgetragen wird und ich sofort vergessen bin. Eine Reihe von zwei Dutzend Dienern kommt mit Tabletts herein, auf denen sich abgedeckte Teller befinden. Sie treten hinter uns Sitzende, stellen das Geschirr ab und mit einer synchronen Bewegung lüften sie die Hauben.

Dampf steigt auf. Wir beginnen mit einer klaren Suppe. Tischmanieren? Auch so ein Thema. Nicht dass ich sie auf der Erde nicht beherrschen würde, doch hier? Jede Kultur entwickelt eigene Sitten. Ich warte, bis meine Sitznachbarn zugreifen, um mich ihnen anzupassen, doch sie rühren keinen Finger. Vielleicht muss der Graf als Gastgeber das Essen eröffnen? Doch nein, meine Mutter ist die Ranghöchste und nachdem Minu das Essen vorgekostet hat – daran scheint niemand etwas zu finden –, eröffnet Lilith das Essen.

Alle anderen greifen nach ihrem ersten Löffel Suppe ebenfalls zu und ich will es meiner Mutter nachtun, bis ich merke, dass die Männer den Löffel anders halten als die Frauen und mein Bruder seinen wiederum anders als die Männer aus Druyensee. Also gibt es einmal Abweichungen beim Geschlecht und zum Zweiten je nach Stellung? Sicherheitshalber imitiere ich Arian, immerhin sollte ich somit keinen Fehler machen. Das denke ich allerdings nur so lange, bis ich seine hochgezogene Augenbraue mitbekomme, als er mich essen sieht. Was nun? Umschwenken auf die Art, wie Gylfi isst? Besser nicht, Augen zu und durch.

Beim nächsten Gang, es ist ein gebratener Pilz, der ausgehöhlt und mit Fleischstücken gefüllt wurde, nehme ich, erneut nach dem Vorbild Arians, die zierliche Gabel und das schmale Messer. Ich bin zu dem Schluss gekommen, er ist lediglich verwundert, dass ich so essen kann wie er. Wahrscheinlich gehörte Raduan nicht zu den Menschen mit guten Tischmanieren, aber ich will hier auch nicht wie der letzte Bauerntölpel unter den Adligen speisen. Zweimal fällt mir etwas von der Gabel herunter und ich laufe beim unterdrückten Gekicher um mich herum rot an.

Alle werden von meiner Ungeschicklichkeit und mangelnden Intelligenz gehört haben, also was soll's. Ich verhalte mich damit genau so, wie sie es vom alten Raduan erwarten.

Als Nächstes kommt eine Frikadelle. Ein halbes gekochtes Ei liegt daneben, doch es ist nur ein Viertel so groß wie ein Hühnerei. Stammt es von einer Wachtel? Ich bin aber vor allem von der Frikadelle enttäuscht, da das zerkleinerte, zusammengepresste Fleisch eher an Fast Food erinnert als an eine Delikatesse. Doch ich höre ein Raunen und alle starren ehrfurchtig auf den

Klops auf dem Teller. Ich betrachte das Stück erneut. Ich kann Kräuter erkennen und sofort springt mein Kräuterkundeskill an: Majoran, Petersilie und Bärlauch. Nachdem Minu probiert hat, isst erst meine Mutter und dann alle anderen.

»Habt Ihr schon einmal Köttbulle gegessen?« Jorunn sorgt wieder für die Unterhaltung. Dabei läuft ihr regelrecht das Wasser im Mund zusammen, wenn sie das winzige Stück der Frikadelle auf ihrer Gabel nur anschaut.

»Nicht dass ich wüsste, welches Fleisch wird dafür verwendet?«

»Ein Teil Wasserbüffel, zwei Teile Moosfleckenfisch und natürlich drei Tropfen Waldschreckgift.« Bei Letzterem sieht sie mich an und ich meine kurz einen gemeinen Zug um ihren Mund zu erkennen. Anscheinend ist es allgemein bekannt, dass ich, sprich der alte Raduan, panische Angst vor Spinnen und dergleichen habe.

Ich schneide mir ein Stück ab und schiebe es mir in den Mund, kaue genüsslich und schließe gar die Augen. »Lecker, wenn auch ein wenig Salz fehlt.«

Gylfi prustet los und schlägt sich sogleich erschrocken die Hände vor den Mund, dabei fliegt ein Stück Frikadelle von seiner Gabel zu seiner Schwester ihm gegenüber. Sie sieht ihn böse an, doch er gluckst weiterhin. Welche Rivalität auch zwischen den Geschwistern herrscht, dass ich ihre Stichelei so gewandt pariert habe, scheint mir einen neuen Freund eingebracht zu haben. Wie ausgewechselt spricht Gylfi ab sofort mit mir.

»Ihr habt recht, Raduan. Die Salzlieferung in der letzten Woche ist wegen eines Raubüberfalles ausgefallen. Aber auf die Worte meiner Schwester müsst Ihr nichts geben, Gift ist nicht im Essen.«

»Das habe ich auch nicht geglaubt, meiner Mutter würdet Ihr ja wohl so etwas nicht vorsetzen.«

Es ist nun aber nicht Gylfi, der erschrocken guckt und hektisch nickt, sondern Jorunn. Wenn ich mehr auf ihre Worte eingegangen wäre, hätte ich das zu einem Skandal aufbauschen können. Na danke auch, Skill Hofpolitik, da hättest du dich auch früher melden können.

Auf einen Gang folgt der nächste, Gylfi und ich ignorieren seine Schwester, dafür unterhält er mich nun im Alleingang. Ich erfahre von der Pferdezucht, die von seiner Familie intensiv betrieben wird und deren Erfolge ich von meinem Fenster aus bereits bewundern konnte.

• • •

Alle drei Monde stehen hoch am Himmel. Ich beobachte sie durch mein Zimmerfenster und grübele. Das Essen habe ich ohne größere Katastrophen überstanden, wenn ich auch bei den Tischmanieren ab und an gepatzt habe. Dabei hätte ich mich wohl schlimmer anstellen können, immerhin hat mich Lilith gelobt, bevor sie mich für die Nacht verabschiedet hat. Nur Arian guckte böse, aber ich weiß noch immer nicht, warum.

Mit einem Schlag bin ich unglaublich müde. Schlafen jedoch darf ich nicht, denn ich habe heute Nacht noch einiges zu erledigen. Da ich kaum die Augen aufhalten kann, wende ich einen alten Trick an. Ich setze mich an den Tisch, nehme den Kelch, in dem mir vor Stunden das Quellwasser gebracht wurde, in die rechte Hand und schiebe die Hand über die Tischkante. Mit der Linken stütze ich den Kopf. Nur für eine Sekunde schließe ich die Augen … Ein Scheppern reißt mich aus dem Schlaf. Der Kelch ist mir aus der Hand gefallen.

Ich hebe ihn wieder auf und schaue kurz aus dem Fenster zu den Monden. Sie sind ein Stück weitergewandert. Zwar bin ich noch immer müde, aber der Powernap hat meine Kräfte ein wenig aufgefrischt. Die längere Variante davon wäre, ganz viel Wasser zu trinken und nach nicht allzu langer Zeit vom Drang, Wasser zu lassen, aufzuwachen. Ich strecke mich, dass die Gelenke knacken. Ein letztes Mal sehe ich mich um, ob auch niemand während meines Nickerchens zu mir in die Suite gekommen ist, und hole dann Spider aus meinem Speicher.

Mit ihr komme ich leicht aus dem Palast und über die Stadtmauer und sobald ich sie hinter mir gelassen habe, rase ich mit Bug zu Silja. Es wird Zeit, mich mit ihr über Olle zu unterhalten.

Kapitel 3

Ich reibe mir meinen Arm. Meine Regeneration hat zwar die schlimmsten Verletzungen der Wolfsbisse geheilt, aber noch juckt die Haut, die sich gerade erst über der offenen Wunde geschlossen hat. Wer hätte auch ahnen können, dass die Wölfe nachts noch einmal ganz anders zur Sache gehen, wenn unverhofft Besucher auftauchen. Ich dachte, die Mistviecher kennen mich mittlerweile.

»Und du bist nicht einfach Raduan Kyros, ein Junge aus Eiban, sondern *der* Raduan Kyros, Malikan Raduan, Nachkomme und legitimer Thronerbe von Malik Kyros?« Nachdem ich Silja alles, was ich für wichtig halte, erzählt habe, sitzt sie mit verschränkten Armen da. Eine Kerze erhellt den Raum und die um uns herumliegenden Dinge, die ich aus meinem Speicher geholt habe, um meine gehobene Stellung zu verdeutlichen. Seidene Hemden und Hosen, die reich verzierten Kisten aus der Kutsche. Ich packe anschließend alles wieder weg und fahre Olle, der zwischen uns hockt und kaum die Augen offen halten kann, einmal durchs Haar. Er sieht noch verschlafener aus als sie und versteht nicht einmal die Hälfte von dem, was ich da erzähle.

»Thronerbe im weitesten Sinne, meine Schwester Bayla steht an erster Stelle und selbst Arian ist weit über mir in der Rangfolge.«

Silja zieht geräuschvoll die Luft ein und pustet sich dann eine Haarsträhne aus dem Gesicht. »Pass auf, dass ich nicht meine Wölfe auf dich hetze, bei der abenteuerlichen Geschichte, die du mir erzählst.« Ihre Pets merken sofort auf, doch Olle schlingt augenblicklich besorgt seine Arme um mich. »Doch meine Nase sagt mir, dass du jedes Wort ernst meinst. Entweder leidest du unter Wahnvorstellungen oder du bist der, der du zu sein behauptest.«

»Ich habe mir das Gemetzel mit den Goblins oder das Abendessen beim Grafen im Palast auf jeden Fall nicht eingebildet, genauso wenig wie meine Mutter im Palast ein Hirngespinst von mir ist.«

In dem Moment kommt eine Gruppe Wölfe herein. Sie stürzen auf Silja zu, lecken ihr übers Gesicht und knurren und bellen wie Welpen. »Dann überzeugen wir uns doch mit eigenen Augen davon, dass alles so ist, wie du es geschildert hast.« Sie steht auf und deutet in den nächtlichen Wald hinaus.

Zuerst will Silja mit mir und Olle aufbrechen, doch nach kaum einer Minute schüttelt sie entnervt den Kopf. Ich bin viel zu langsam für sie. Also werde ich mit Olle zurück zur Hütte geschickt, wo wir beide sofort erschöpft einschlafen.

•••

»Wach auf.« Silja ist wieder da. Sie hat eine neue Kerze angezündet und klopft auf den Boden neben sich.

»Hast du meine Geschichte überprüft?« Ich gähne und wanke zu ihr.

»Soweit es möglich war. Die toten Goblins waren am leichtesten zu finden. Ebenso die umgegrabene Erde und deine Spur, die mit einigen anderen zum Waldweg führt und dann abbricht. Ja, ich glaube dir.«

»Sehr gut, können wir dann über Olle reden?«

»Nur, wenn du den Bengel nicht dauerhaft bei mir abladen willst.«

»Ich kann dich bezahlen – mit Gold. Du musst nur auf ihn aufpassen, bis er fünfzehn ist. Sobald er volljährig ist, kann er für sich selbst sorgen.« Mir kommt der Vorschlag selbst fade vor. Olle guckt traurig und ich bin ebenso unglücklich. Dass Menschen hier überhaupt mit fünfzehn als volljährig erachtet werden, geht mir nicht in den Kopf.

»Wäre es nicht besser, wenn Olle bei dir bliebe? Und wenn wir schon dabei sind, ich habe auch nichts dagegen, nach Eiban umzuziehen. Das Land liegt an der Küste, dort ist es viel wärmer und mit seinen Wäldern, Steppen und Gebirgen wie gemacht für mich und meine Wölfe. Für Tierbändiger findet sich immer eine Arbeit.«

»Warum willst du weg von hier?«

»Raduan, was wir jetzt gerade erleben, ist der Hochsommer in Vaså. Hast du eine Ahnung, wie kalt und lang die Winter hier sind? Eiban ist dagegen das reinste Paradies, der Winter ist kurz und mild. Nicht umsonst wird es das Land, in dem Milch und Honig fließen, genannt. Außerdem ist Kanem, das Reich aus dem ich komme, näher an Eiban, und ich würde nicht mehr ganz so auffallen. Ich bin es einfach leid, ständig angestarrt zu werden. Weißt du, ich lebe nicht ganz zufällig hier im Wald.«

»Das ist der Sommer? Ich dachte, wir hätten Frühling.« Ich reibe mir über die Stirn. Kein Wunder, dass Silja nicht bleiben will, ich mag mir die Winter in dieser Gegend gar nicht im Detail ausmalen, der Schnee muss meterdick liegen und wahrscheinlich verkriecht sich alles monatelang im Warmen. »Soll ich dir Gold für die Reise geben?«

»Nein danke. Aber als Fremde ist es nicht leicht, nach Eiban einzuwandern. Ich brauche einen Bürgen, jemanden, der für meine Zuverlässigkeit garantiert und beschwören kann, dass ich keine Spionin bin. Wer wäre dafür besser geeignet als der Malikan des Reiches selbst?«

»Malika Kyros vielleicht«, widerspreche ich. »Oder meinetwegen mein älterer Bruder, aber ich bin nicht gerade ein angesehenes Mitglied der Familie Kyros.«

»Glaubst du allen Ernstes, dass deine Mutter uns in ihr Gefolge aufnehmen würde? Das ist mein Preis, Raduan. Lass uns beide für dich als unseren Herrn arbeiten. Das

Band zwischen Gefolgsleuten und ihrem Adligen wird niemand in Frage stellen, nicht einmal deine Mutter, sie würde sonst gegen die Traditionen verstoßen. Ich bin auch günstig, nur einen Taler im Jahr und schon stehe ich dir zu Diensten. Olle gibt es gratis dazu, bis er fünfzehn ist.«

Ich aktiviere meinen Skill Preisspanne.

Tierbändiger der gehobenen Level bekommen in Eiban zwischen zehn und fünfzehn Silberkronen im Jahr. Je nach Vertrag kann von diesem Lohn um bis zu zwanzig Prozent abgewichen werden, um persönliche Leistungen zu honorieren. Fehlerwahrscheinlichkeit: 20 %.

Ein Goldtaler sind fünfundzwanzig Silberkronen wert, sie will mich also ganz offensichtlich übers Ohr hauen. »Ich mag unwissend erscheinen, doch selbst ich weiß, dass der Lohn von Tierbändigern zwischen zehn und fünfzehn Silberkronen beträgt. Ich würde fünfzehn zahlen, dafür, dass du Olle bei dir behältst. Aber alles ist nichtig, wenn ich euch nicht als meine Gefolgsleute annehmen kann. Und irgendwie sagt mir meine Intuition, dass meine Mutter nicht begeistert sein wird, wenn ich mit euch beiden auftauche – Tradition hin oder her.«

»Dann lass mich dir meinen Plan darlegen. Die Kisten, die du mir vorhin gezeigt hast, sind doch die, die sie suchen, oder?«

• • •

Ich werde geweckt, indem jemand mit Schwung die Gardinen aufzieht und die Sonne mir ins Gesicht scheint. Während ich in das grelle Licht blinzele, unterdrücke ich einen Fluch. Heli wendet sich mit einem strahlenden Lächeln zu mir um und trippelt auf mich zu. Unverfroren setzt sie sich auf die Bettkante und streichelt mir übers Gesicht.

»Guten Morgen, kann ich irgendetwas tun, um Euch das Aufstehen zu versüßen?«

Debuff: Willenloser Liebhaber, Dauer: 30 Minuten, Effekt: verringerte geistige Aktivität, gesteigerte sexuelle Lust.

Das Blut schießt mir in den Kopf und meine Wange prickelt ohne Ende. Dieses Miststück! Reinigung, Reinigung … Erst die fünfte Reinigung erzielt die gewünschte Wirkung.

»Heli, du bist wirklich hübsch, doch lassen wir die Spielchen. Gestern ist es dir gelungen, mich zu überrumpeln, aber meine Mutter hat mich vor der Alchemie gewarnt, die du einsetzt. Sie wird es garantiert nicht gutheißen, wenn ich ihr erzähle, dass du es erneut versucht hast.«

Sie erblasst und steht rasch auf. Beiläufig knöpft sie sich das Mieder zu. »Bitte erzählt Eurer Mutter nichts davon. Der Graf würde mich vierteilen lassen, um Eure Familie zu besänftigen.«

Ich nicke, verspreche aber nichts. Heli verschwindet im Bad und ich kann hören, wie sie sich die Hände wäscht. Anschließend präsentiert sie mir ihre geröteten Finger, die sie mit der Bürste regelrecht malträtiert haben muss.

»Wie kommt es, dass du nicht unter dem Mittel leidest?«

Sie zieht eine kleine Flasche aus dem Ärmel. »Ein Tropfen reicht, um für einen halben Tag immun gegen jede Art von Aphrodisiakum zu sein. Aber bevor Ihr fragt, das Mittel wirkt nur bei Frauen, Ihr könnt dadurch keine Immunität erlangen.«

»Ich habe meine eigenen Wege, um mich vor der Wirkung zu schützen.«

Ich stehe auf und das Ankleiden geht diesmal flott vonstatten, wenn die Sachen meines Bruders auch wieder wie schlaffe Säcke an meinem Körper hängen. Heli will gerade den Schneider holen, da kommt Lilith mit Minu durch die Verbindungstür herein. Keine Ahnung, ob sie durch die Wände das Wort »Schneider« hört und dann jedes Mal hierhereilt, aber das Timing ist erstklassig. Ein wenig Zupfen hier, ein bisschen Stopfen da und wie von Zauberhand sitzt alles perfekt.

»Ich erwarte für morgen neue Kleidung für meinen Sohn, sorg dafür, dass der beste Schneider etwas anfertigt.«

Heli knickst vor meiner Mutter und rennt davon. Gemeinsam gehen wir darauf in ihre Suite, wo mein Bruder bereits am Frühstückstisch sitzt und kaut.

»Du solltest doch warten, Arian.«

Er hält inne, allerdings scheint er sich keiner Schuld bewusst zu sein. Minu bedient uns drei und ich fange mir abermals die bösen Blicke meines Bruders ein.

»Heraus mit der Sprache, Arian, warum bist du so wütend auf mich?«

Lilith und Arian glotzen mich an. Ich zeige gar mit dem Frühstücksmesser auf meinen Bruder, bevor ich mir eine Brotscheibe – endlich mal wieder Brot! – nehme, und nach dem Käse lange.

Arian bleibt stumm, aber Minu erklärt es dafür bereitwillig. »Euer Bruder hat während seiner Reise nach Parthi neue Umgangsformen erlernt und allen verboten, sie ihm abzuschauen. Und Ihr habt es gestern ganz unverfroren getan.«

»Deswegen?« Ich lache freudlos auf. »Bist du noch ein Kind, oder was?«

»Raduan!« Meine Mutter mischt sich ein. »Sprich höflich mit deinem Bruder.«

Ich gebe klein bei und hebe ergeben die Hände. Beide beruhigen sich wieder. Wir essen eine Weile und Lilith unterhält sich mit Minu darüber, ob es sich lohnt, die Abreise länger aufzuschieben. Sie haben keine Idee mehr, wo die Kisten aus der Kutsche sein könnten, und sind drauf und dran, die Suche aufzugeben. Das ist das Stichwort für mich.

»Vielleicht könnte ich euch helfen«, sage ich beiläufig. Sofort habe ich ihre Aufmerksamkeit. »Als ich mich vor allen versteckte – ich wusste ja nicht, wer den Anschlag auf mich verübt hat –, habe ich einige Menschen kennengelernt.«

»Pöbel von der Straße«, knurrt Arian.

»Sie sind nicht von Adel, wenn du das meinst, geliebter Bruder. Silja, die mit ihrem Schüler Olle im Wald lebt, ist eine Tierbändigerin. Sie hat Dutzende Wölfe als Haustiere, die mit ihrer feinen Nase alles finden können.«

»Dann brauchen wir noch immer etwas aus der Kutsche, damit sie eine Spur aufnehmen können«, wendet meine Mutter ein, doch darauf bin ich vorbereitet und breite die Arme aus.

»Aber ich war doch in der Kutsche.«

»Wir können ihr nicht trauen. Wir können niemandem aus diesem Reich trauen.« Mein Bruder mal wieder, ich hätte es auf persönliche Abneigung mir gegenüber geschoben, wenn Silja mich nicht bereits aufgeklärt hätte.

»Sie stammt nicht aus Vaså, sondern aus Kanem. Sofern in meinen Wochen der Abwesenheit die Freundschaft zwischen unserem Reich und Kanem nicht zerbrochen ist, sollte das kein Problem sein.

Außerdem ist sie meine Gefolgsfrau und ich habe ihr den Eid abgenommen.«

»Du hast was?« Arian lacht schallend los und klopft mit der flachen Hand auf den Tisch. Er braucht Minuten, bis er sich wieder beruhigt und sieht dabei nicht die besorgten Blicke, die Lilith und Minu austauschen. »Nimmst du dir da nicht einen zu großen Bissen vom Braten, kleiner Bruder?«

»Tu ich das? Ich bin Malikan Raduan, Sohn des Maliks Kyros, mir steht eine Gefolgschaft zu, um mich im Führen zu üben.«

»Du stehst an der vierzehnten und damit vorvorletzten Stufe der Thronfolge! Selbst die Kinder der Nebenfrauen unseres Vaters sind im Rang über dir und da wurde noch nicht einmal deine Dummheit mit in die Waagschale geworfen!«

Die beiläufige Beleidigung ignoriere ich, was Arian zu ärgern scheint, wie ich befriedigt feststelle. Aber ernsthaft, wie viele Kinder hat dieser Malik Kyros? Ich dachte, ich wäre der siebte Sohn, aber wenn es noch einmal so viele Töchter gibt … »Und? Habe ich darum nicht eine gute Ausbildung verdient. Der legendäre Herrscher von Kanem, Duguwa, hatte dreiunddreißig Kinder und alle, bis auf sein letzter Sohn, wurden von einer Krankheit dahingerafft. Er, der eigentlich keine Chance hatte, wurde zu einem noch größeren Herrscher als sein Vater.«

Arian schüttelt sich schon wieder vor Lachen, doch meine Mutter sieht mich todernst an. Minu ist ebenfalls nicht nach Lachen zumute. Sie sieht eher ergriffen aus und flüstert: »Der Segen der Kyros'. Raduan ist dessen würdig gewesen.«

• • •

»Erhabene Malika Kyros.« Silja verbeugt sich nicht nur, sondern wirft sich vor meiner Mutter auf den Boden. Ihre Wölfe tun es ihr nach und nur Olle verbeugt sich verwirrt, bevor Silja ihn zu sich nach unten reißt und seinen Kopf auf die Erde drückt.

Unsere Soldaten sind trotz der Begrüßung nervös, kein Wunder bei all den Zähnen und Krallen. Sollten sich alle Wölfe gleichzeitig entschließen, uns anzugreifen, könnte niemand für unsere Sicherheit garantieren. Insbesondere um meine Mutter wäre es in ihren Augen schade. Zumindest ihr bringen sie aufrichtige Ehrfurcht entgegen, während ich für sie nur der nichtsnutzige Abkömmling bin und mein Bruder ein notwendiges Ärgernis.

Lilith dagegen kennt keine Scheu. Sie macht einen Schritt auf Silja zu, was die Soldaten zum schnellen Vorspringen veranlasst, damit sie zu jeder Zeit zwischen ihr und den Wölfen sind. Doch die Raubtiere verhalten sich unterwürfig, selbst als meine Mutter Siljas Kopf packt und hochreißt, damit sie ihr in die Augen schauen kann.

»Schwöre, dass du es ehrlich meinst, oder ich sorge dafür, dass man dich bis in den letzten Winkel der Welt verfolgt und dir den schlimmstmöglichen Tod bereitet.«

Silja muss sich zweimal räuspern, bis sie ihre Stimme wiederfindet und schwört. Dann endlich ist Lilith zufrieden und befiehlt auf die Suche nach den Kisten zu gehen. Die Wölfe schnuppern anschließend an mir und laufen in alle Richtungen davon. Nach kurzer Zeit sind sie auch schon verschwunden, um den Wald nach einer Geruchsspur zu durchkämmen.

Die Soldaten haben ein kleines Lager aufgeschlagen, in das Lilith und Minu sich niedergesetzt haben und warten. Ich wandere ein wenig herum, bin jedoch keine Sekunde ungestört, da ein Soldat mir nicht von der Seite weicht. Silja dagegen steht mit Olle unter einem Baum und verhält sich so unauffällig wie möglich. Wenn ich wetten sollte, dann würde ich alles, was ich habe, darauf setzen, dass meine Mutter sie ordentlich eingeschüchtert hat. Ob sie einen Skill dafür hat? Es würde mich nicht wundern.

Einmal merke ich auf, als Lilith Olle zu sich winkt, damit sie sich den Silberfuchs genauer ansehen kann. Sie ist von dem seltenen Tier begeistert und lobt Olle für sein Talent. Großartig, so wird es wohl auch kein Problem sein, dass wir ihn mit nach Eiban nehmen.

Ein Heulen tief im Wald erregt die Aufmerksamkeit aller. Silja eilt zu meiner Mutter und auf ihren Wink hin tritt sie näher. Ich muss nicht erst zu ihnen gehen, um zu wissen, was sie sagt. Die Wölfe haben eine Spur gefunden und warten auf uns. Bevor jedoch die Soldaten unser Lager abgebaut haben und ich in der Sänfte sitze, diesmal in einer richtigen, heulen die Wölfe ein zweites und drittes Mal auf. Wie interessant, wir haben mit zwei Orten gerechnet, aber anscheinend haben die Wölfe drei Orte gefunden, an denen ich Spuren hinterlassen habe.

Silja schlägt einen Weg vor, der die drei Orte auf kürzester Strecke verbindet, und wir marschieren los.

Kapitel 4

Der erste Ort überrascht auch mich. Hier habe ich Krister für den Bericht bei der Magiergilde hergerichtet. Wir sind in Sichtweite von Druyensee. Wie zu erwarten, finden wir hier keine Kisten und eilen nach einigem Suchen und Graben weiter.

Am zweiten Ort habe ich einmal für längere Zeit pausiert, ich entdecke sogar einige Fußabdrücke von mir. Kemal, unser Späher, und wie ich vermute, bester Fährtensucher, bestätigt, meine Spur gefunden zu haben. Lilith sieht nicht glücklich aus, dass wir bisher zwei Nieten gezogen haben, aber ich weiß ja, das dritte Mal wird der Treffer sein.

Erneut ertönt das Heulen, die Wölfe haben eine vierte Spur gefunden.

»Wo hast du dich nur überall herumgetrieben, Schatz?« Der Ton ist tadelnd, doch ich zucke nur mit den Schultern.

Auf dem Weg zum dritten Ort brechen wir ab, Kemal erkennt, dass wir zum Waldsee unterwegs sind und schlägt stattdessen vor, dass wir gleich zum nächsten Punkt weiterlaufen. Mir kann es nur recht sein, sich wie ein verwöhnter Prinz durch den Wald tragen zu lassen, ist nicht so kurzweilig, wie man denken mag.

»Ach nee«, flüstere ich, als wir an die vierte Stelle kommen. Dieses Fleckchen kenne ich. Wie oft habe ich das Lieblingshuhn Jesca vom Bauern Sandell hier gefunden und zurückgebracht? Alle starren mich an, aber ich kann schließlich auch nichts dafür. Wir sind drauf und dran, den Versuch mit Silja abzubrechen, da heulen die Wölfe ein fünftes Mal.

»Wenn es diesmal nicht die Kisten sind …«, zischt Lilith, beendet jedoch ihren Satz nicht.

Ich sehe ebenso besorgt aus wie Silja. Der Plan sah definitiv nicht vor, dass wir fünf verschiedene Stellen abklappern. Aber den Wölfen kann man ja nicht wie einem Menschen erklären, was genau der Plan ist. Es geht erneut über Stock und Stein, unter tiefhängenden Ästen hindurch, über so manchen kleinen Bach und dann, als meine Karte endlich Neuland anzeigt, weiß ich, dass hier die Kisten sein müssen. Immerhin habe ich nie einen Fuß hierhin gesetzt.

Nach einigen Minuten entdecken wir drei Wölfe, die schon auf einen Meter die Erde aufgegraben und dabei wie zufällig alle Spuren beseitig haben. Kemal ist entsprechend verstimmt, da er keine Ersteinschätzung vornehmen konnte, aber bald gehen wir zum Wichtigsten über: dem Ausgraben der Kisten. Dass da was im Boden sein muss, ist jetzt auch dem Letzten klar, und so schaufeln zwei Soldaten die lockere Erde aus der Grube, bis ein tiefes Loch entstanden ist.

Beim lauten Auftreffen der Schaufeln auf Holz scheucht meine Mutter die Soldaten aus dem Erdloch und befiehlt Kemal, die Kisten höchstpersönlich zu bergen. »Wurden die Kisten geöffnet?«

Lilith ist so ungeduldig, dass sie die Frage stellt, noch bevor er eine Chance gehabt haben dürfte, das zu überprüfen.

»Einen Moment, Malika, ich werde es sogleich kontrollieren.« Zuerst hievt er allerdings alle vier Kisten heraus und wischt sie im hellen Sonnenlicht sauber, bevor er sie gründlich untersucht. »Die Oberfläche ist intakt, die Schlösser ebenfalls. Es ist sehr unwahrscheinlich, dass sie geöffnet wurden.«

Lilith zieht einen Schlüssel an einer Kette aus ihrem Dekolleté hervor und reicht sie dem Soldaten. Er läuft angesichts der Tatsache, ein Objekt zu berühren, das augenscheinlich zwischen den Brüsten meiner Mutter gelegen hat, hochrot an. »Sie sind mit Fallen gesichert, du weißt, worauf du achten musst.«

Alle treten fünf Schritte zurück, während Kemal sich an die Arbeit macht. Ich kann nicht erkennen, was er tut, dafür höre ich so manches Klicken, einmal flucht er, doch da nichts explodiert, in Feuer aufgeht oder Gift versprüht, scheint alles gut zu gehen. Eine Stunde braucht er für die vier Kisten und ich bin nun wirklich froh, dass ich nie genug Interesse für einen Versuch entwickelt habe, hineinzuschauen.

• • •

Endlich wieder im Palast. Den ganzen Tag hin und her geschleppt zu werden ist nervig und langweilig. Außerdem muss ich die ganze Zeit höllisch aufpassen, dass ich mich nicht durch eine unbedachte Äußerung verrate, aber anscheinend wird alles, was ich tue und das der alte Raduan nie getan oder gesagt hätte, auf diesen ominösen Segen der Familie geschoben. Es kann mir nur recht sein. Silja und Olle sind vorerst bei den anderen Dienern der Familie untergekommen. Da sie zu meinem Gefolge gehören, bin ich für sie verantwortlich, doch so ganz will meine Mutter mich nicht in meine neue Rolle entlassen. Da sie beide jederzeit wieder fortschicken kann, füge ich mich lieber allen ihren Wünschen. Zumindest scheint Olle bei Silja und den Wölfen glücklich zu sein. Wobei die Raubtiere vorerst im Wald geblieben sind, wo sie warten sollen, bis wir aufbrechen. Zum Glück reisen wir nur auf dem Landweg und müssen keine vierzig Wölfe auf einem Schiff unterbringen.

Die Wache schließt die Tür hinter mir und ich atme erleichtert aus. Endlich Ruhe. Ich blicke zur Seite und da steht Heli. »Nicht doch!«, fluche ich.

»Malikan Raduan«, sagt sie lediglich und macht sich ganz klein.

»Was tust du hier? Verschwinde, ich will jetzt nicht länger gestört werden!« Sie macht allerdings keine

Anstalten, zu gehen. »Raus mit der Sprache, warum bist du hier?«

»Malikan, der Graf hat mir befohlen, herauszufinden, was Ihr und Eure Mutter den ganzen Tag im Wald gesucht habt. Außerdem hat er mir aufgetragen, Euch dazu zu bringen, dass Ihr mich mit nach Eiban nehmt.«

»Sowohl das eine wie auch das andere kannst du dir aus dem Kopf schlagen, sag das ruhig dem Grafen.«

Heli zuckt zusammen und ich bedaure meine barschen Worte. Sie wird den Zorn des Grafen spüren, wenn sie ohne jede Information zurückkommt. »Ich kann dich nicht mitnehmen, ich kann dir auch nichts sagen«, wiederhole ich etwas ruhiger.

»Gewiss, Malikan.« Doch noch immer geht sie nicht.

»Ist noch etwas?«

»Ich kann noch nicht gehen, es wird sicher bemerkt werden, wenn ich zu früh zurückkehre und … ich muss Euch ja verführen.«

»Keine Chance. Meine Mutter würde übrigens nie im Leben zulassen, dass du mitkommst, da sie weiß, was du getan hast.«

Heli beißt sich auf die Lippen, sie kämpft mit sich, bis sie sich zu einer Entscheidung durchringt. »Malikan, wenn ich den Grafen enttäusche, habe ich hier keine Zukunft mehr. Er ist kein Mann, der es akzeptieren kann, wenn seine Befehle nicht ausgeführt werden.« Sie beißt die Zähne zusammen, dann wappnet sie sich. »Ich will für Euch arbeiten, und ich werde ihm nur solche Informationen zukommen lassen, die Euch dienlich sind.«

»Heli, ich kann es gerne buchstabieren, aber meine Mutter, Malika Kyros, wird dich niemals als meine Dienerin akzeptieren, selbst wenn ich Mitleid haben sollte, was ich nicht habe.«

»Könnt Ihr sie nicht fragen? Ich bin bereit, jeden Schwur zu leisten, Hauptsache ich muss dem Grafen keinen Misserfolg melden.«

Was soll ich nur machen? Spielt sie mit mir? Sollen mich ihre Tränen beeindrucken? Denn da kommen jetzt doch so einige hervor. Es sind nicht so viele, dass es ihr Gesicht verschmiert, nur gerade so viel, dass es das Herz eines Jünglings erweichen würde. Ach Mist, meine Mutter wird damit mehr Erfahrung haben. Wenn ich ihr außerdem die Entscheidung überlasse, dann muss ich mir später nicht vorwerfen, ich hätte ein Mädchen im Stich gelassen.

•••

»Nimm sie mit.«

»Wie bitte?«

»Ich weiß, du hörst schlecht, aber so schlecht auch nicht. Nimm die Dienerin mit.«

»Sie wird dem Grafen wahrscheinlich …«

»Alles berichten. Selbst wenn wir davon ausgehen, dass sie ein doppeltes Spiel mit uns treibt, wird sie nichts Wichtiges erfahren, Raduan. Du bist so fern der relevanten Informationen, dass sie nichts von Bedeutung weitergeben kann. Bei Halver, so wissen wir wenigstens, dass sie eine Spionin ist. Uns ist bekannt, es gibt vierzehn weitere Spione an unserem Hof, vermuten es zudem bei drei Personen und ich will mir gar nicht ausmalen, von wie vielen wir keine Ahnung haben. Wir werden einige Schlüsse daraus ziehen können, wenn wir erkennen, wonach diese Heli Ausschau halten soll.«

»Und ich dachte, wir seien nur ein unbedeutendes Reich«, murmele ich.

Lilith lacht erfreut auf, anscheinend hat sie jedes Wort verstanden. »Ich sehe mit Stolz, dass du endlich anfängst, deinen Kopf zu gebrauchen. Aber ja, wir sind unbedeutend, doch der Name Kyros hat vor langer Zeit die Welt erbeben lassen und das wird er eines Tages wieder tun. Allein die Verheiratung deiner Schwester wird uns einen großen Schritt zu altem Ruhm und zu unserer ehemaligen Bedeutung voranbringen und das Reich Persan wird in neuem Glanz erstrahlen.« Sie nimmt mich bei der Hand und zieht mich in meine Suite zurück, wo Heli wartet. »Du wirst ab jetzt für uns arbeiten. Wenn ich auch nur vermute, dass du uns hintergehst, werde ich dich die siebentägige Tortur der Kyros' erleben lassen. Du wirst uns bis in den Tod dienen und mir alles erzählen, was den Grafen von Druyensee oder ein anderes Mitglied der Familie angeht, verstanden?«

»Ja, Malika Kyros«, keucht Heli.

»Gut, spiel deine Rolle mit Bravour und du kannst dich auf mein Wohlwollen verlassen. Raduan, achte darauf, dass du sie nicht schwängerst, ich will keine Bastardenkel haben.«

»Was?«, stottere ich.

»Soll ich es dir aufmalen? Ihr müsst eure Rolle gut spielen. Heli, wenn er sich weigert, nimm ruhig etwas von deinem Mittel, du wirst dafür nicht bestraft.«

»Ja, Malika Kyros.«

Kaum ist meine Mutter wieder weg, zieht Heli eine Flasche heraus. »Also, versuchen wir es so oder muss ich nachhelfen«, fragt sie keck.

Ich kann gar nicht so schnell reagieren, wie ihr Kleid zu Boden fällt.

Kapitel 5

Einige Tage ist es nun her, dass alles beschlossen wurde. Die Zeit haben die Diener meiner Mutter fleißig für die Reisevorbereitung genutzt und Heli ebenfalls, indem sie sich mehr oder weniger als Dauergast in meinem Bett einquartiert hat.

Beim gemeinsamen Abendessen sieht Jorunn mich seitdem nicht mehr an, anscheinend habe ich in ihren Augen versagt. Auch Gylfi ist nun deutlich zurückhaltender, offenbar weiß hier jeder von Heli und meiner scheinbaren Bereitwilligkeit, ihrem Lockruf Folge zu leisten. Zwar sehen sie offiziell darüber hinweg, und ich kann mir nicht vorstellen, dass beispielsweise Gylfi nicht die ein oder andere Geliebte hat, aber offensichtlich darf man dergleichen selbst als Adelsmann nicht allzu offen ausleben.

Doch die Geschichte haben sie uns immerhin abgekauft. Nicht einmal Arian weiß, dass sie nur gespielt ist. Zuerst hat er mich mit Heli aufgezogen, dann wollte er es verbieten. Doch Lilith hat sich auf meine Seite geschlagen und argumentiert, sie seien es mir schuldig, wegen der angedachten Geiselhaft und dem schrecklichen Überfall. Seitdem spricht er nicht mehr mit mir.

Heute Morgen aber soll es ein gemeinsames Frühstück geben. Das erste und letzte mit der Familie Druyensee, denn wir brechen danach auf. Heli wirbelt durch meinen Raum, mit nichts am Leib außer ihren Stümpfen. Ich gebe zu, dass ich mich in ihrem Anblick verlieren könnte, das liebliche Gesicht, die vollen Brüste, ein herzförmiger Hintern und eine wirklich schmale Taille. Sie ist wunderschön, in jeder Welt. Was mir allerdings gar nicht gefällt, ist, dass ihre Loyalität allein meiner Mutter gilt. Wie auch immer Lilith es schafft, mit ihrer Aura als Herrscherin übt sie eine starke Macht auf andere Menschen aus. Aber dass Heli ihr alles berichtet, was sie bei mir sieht, kann ich nicht gebrauchen. Ich habe eigene Pläne, die zwar noch nicht sehr weit gediehen sind, aber dafür weiß ich auch zu wenig von den Verhältnissen in meiner Heimatstadt.

»Heli, komm mal her.«

»Ja, Malikan.« Sie eilt zu mir, kniet vor mir auf dem Boden und presst dabei ihre Brüste gegen meine Beine. Sie weiß genau, wie sie sich bestmöglich in Szene setzen kann.

»Hör mal …« Ich breche ab. Was soll ich sagen? Sie soll mir treu sein? Nicht meiner Mutter alles verraten, was sie bei mir sieht? Das wird doch nie klappen. Aber das Risiko ist einfach zu hoch, dass sie mir schadet.

»Was kann ich für Euch tun, Malikan Raduan?« Sinnlich betont sie jedes Wort und sieht mich mit ihren tiefblauen Augen an.

Ach Mist, mir bleibt nichts anderes übrig. Ich muss die Wirkung außer Kraft setzen, die meine Mutter auf sie ausübt. Ich öffne die Skillliste, bis ich die richtige Fähigkeit finde.

Skill Band der Loyalität erlernt, Rang 1 – Stufe 1.
Binde andere Menschen durch deine Ausstrahlung an dich. Doch hüte dich davor, sie zu enttäuschen.
Voraussetzung: Freiwilliger Schwur der Loyalität.

Skill Band der Loyalität verbessert, Rang 1 – Stufe 5.
Die Loyalität zwischen zwei Menschen ist immer ein Geben und Nehmen. Achte deine Untergebenen, setze dich für sie ein und schütze sie vor den Ungerechtigkeiten der Welt, dann werden sie dir durch die Hölle folgen.
Voraussetzung: Freiwilliger Schwur der Loyalität.

Der Skill konnte in meinem letzten Spiel nur bei NPCs eingesetzt werden, aber hier, wo es keinen Unterschied zwischen NPCs und Spielern gibt, sollte er perfekt funktionieren.

»Heli, ich kann dich nur in meiner Nähe dulden, wenn du mir gegenüber absolut loyal bist. Ich sage damit nicht, dass du dich gegen meine Mutter stellen sollst, aber du wirst meine Dienerin sein und als solche meine Geheimnisse früher oder später erfahren. Ich will, dass du sie für dich behältst. Habe ich also dein Wort, dass du mir gegenüber loyal bist, dass du für mich und nur für mich arbeitest, und ich dich im Gegenzug beschützen werde?«

In meinen Spielen gab es immer genug Hinweise, welche Worte ich benutzen muss, doch hier probiere ich es auf gut Glück. Wenn es klappt, wird ein Band zwischen uns geknüpft, das Ähnlichkeit mit einem Magiefaden aufweist. Wenn nicht, werde ich es anders versuchen müssen.

»Ja, Malikan Raduan Kyros, ich werde Euch gegenüber loyal sein. Eure Geheimnisse sind die meinen.«

Sie fasst meine Hände und drückt fest zu. Autsch, ihre Kraft ist um einiges höher als meine, doch der Schwur gilt. Heli schimmert einmal bläulich auf, dann sehe ich den dünnen Faden zwischen uns.

»Perfekt, zieh dich an, von nun an werde ich diese Art der Dienste nicht mehr benötigen.« Dass ich ein lustgetriebener Jüngling bin, hat sich mittlerweile herumgesprochen, und ich habe mich nicht nur in der Familie Druyensee bereits genügend zum Gespött gemacht. »Sorg dafür, dass alles gepackt ist, nach dem Frühstück reisen wir ab.«

• • •

Das Frühstück verläuft ohne meine Beteiligung, zumindest, was das Reden angeht. Niemand spricht mich beim Essen an der Tafel an und wenn ich es wage, selbst ein Gespräch zu beginnen, dann kommt eine einsilbige Antwort. Aber gut, genau das haben wir ja vermitteln wollen: Dass ich ein selbstsüchtiger Wicht bin, der die unsichtbaren Grenzen zwischen noch akzeptablem Verhalten und Unschicklichkeit nicht sieht oder willentlich übertritt. Warum Arian beispielsweise nicht gleichermaßen mit Verachtung gestraft wird – ich weiß von mindestens zwei Dienerinnen, die ihn nachts aufgesucht haben –, kann mir nicht einmal mein Skill Hofpolitik erklären.

Statt also weiterhin Anschluss zu suchen, woran mir, ehrlich gesagt, nichts liegt, vertiefe ich mich in meine Notizen. Zuerst öffne ich meine Aufnahmen aus dem Arbeitszimmer des Direktors der Magiergilde und betrachte vor allem eingehend die Landkarte, auf der alle Reiche des Imperiums abgebildet sind. Dank der hohen Auflösung kann ich auch auf die Legende unten zoomen und dabei verschlucke ich mich an meinem Tee. Ich habe immer gedacht, dass wir vielleicht eine oder zwei Wochen unterwegs sein werden. Die Karte wirkt auch dank der mangelnden Details in der Landschaft sehr überschaubar, aber der Kartenlegende nach sind es gut und gerne zweitausend Vaså-Meilen, also Meilen, die sich an der Fußlänge des ersten Herrschers von Vaså orientieren. Mit den Größenparametern werde ich in dieser Welt noch meine helle Freude haben, immerhin misst jedes Reich die Meilen anders. Doch wenn ich das grob abschätze, dürften das in etwa viereinhalbtausend Kilometer sein. Wie war das noch mal? Wie weit kommt eine Pferdekutsche am Tag?

Fünfzig bis sechzig Kilometer? Ich meine, die Zahl vor Ewigkeiten mal recherchiert zu haben, damit es in meinen Spielen realistisch zugeht. Schlussendlich habe ich mich für eine weniger wirklichkeitsgetreue Reisegeschwindigkeit entschieden, welcher Spieler will schon wochenlang unterwegs sein, nur um von A nach B zu kommen? Also werden wir neunzig im schlimmsten und fünfundsiebzig Tage im besten Fall brauchen. Und das auch nur, wenn wir keinen Radbruch erleiden und nicht auf unpassierbare Wege, verschneite Pässe in den Bergen, Räuberbanden, und was sonst noch so passieren könnte, stoßen. Vielleicht sollte ich statt drei lieber sechs Monate ansetzen. Außerdem sind es bis nach Eiban viereinhalbtausend Kilometer Luftlinie, ich sollte also lieber ein Drittel draufrechnen, damit ich wirklich eine realistische Zahl habe.

»… rechtzeitig bei der Hochzeit?« Ich merke auf, wurde ich angesprochen? Ja, Jorunn sieht mich an und scheint verärgert, dass ich ihr nicht zugehört habe. »Wenn der *edle* Malikan Raduan sich dazu herablassen könnte, einer einfachen Grafentochter zuzuhören … Ich fragte, ob Ihr vor der Hochzeit Eurer Schwester noch in Eure Hauptstadt Pasargadae reisen werdet.« Aus jedem Wort trieft die Giftigkeit.

Aber ja, was soll ich sagen? Wann ist die Hochzeit, das wäre doch einmal eine gute Information, dann könnte ich auch ihre Frage beantworten.

»Das könnte knapp werden«, mischt sich nun Gylfi ein. »Die Hochzeit ist doch schon in rund einem Monat, nicht wahr?«

»Ja, ich glaube schon. Aber ein Monat wird nicht ausreichen, für die Reise brauchen wir wohl im besten Fall drei …«

»Drei Monate? Warum so lange, besucht ihr jedes Freudenha…«

»Jorunn!« Gylfi unterbricht seine Schwester, bevor sie es aussprechen kann. Ich muss dennoch nicht raten, was sie sagen wollte. Dank meiner Mutter und der Geschichte rund um Heli wird sie denken, dass ich käuflicher Liebe nicht abgeneigt bin, um es mal nett auszudrücken.

»Selbst auf direktem Wege ist die Strecke keine Kleinigkeit.« Diesmal lehne ich mich zurück und hebe die linke Augenbraue, als wenn ich mit einem kleinen Kind reden würde. Doch die Wirkung ist anders, als ich es mir erhofft habe. Statt dass Jorunn peinlich berührt auf den Tisch blickt, lacht sie mir ins Gesicht.

»Kein Geld für die Portale?«, fragt sie nur.

»Was für Portale?« Ich könnte mir auf die Zunge beißen. Die Gesichter, die mich jetzt anschauen, sind eine einzige Grimasse an Gehässigkeit. Anscheinend habe ich gerade etwas gefragt, das jeder wissen müsste.

Lediglich Gylfi lässt sich zu einer Antwort herab. »In allen *wichtigen* Hauptstädten der Reiche gibt es doch die Reiseportale der Nuv. Vater hat gesagt, es seien nur wenige Tage, die Ihr bis zum nächsten Portal in Roskilde in der Kutsche verbringt.«

Die Nuv? Sie haben doch auch den Turm mit seinen Zaubern errichtet. Aber ich tappe nicht in das nächste Fettnäpfchen und unterlasse es, nachzufragen. Stattdessen nicke ich der nächststehenden Dienerin mit meiner Teetasse in der Hand zu. Bei allen anderen hat sie stets von sich aus nachgeschenkt, doch entweder ignoriert sie mich – und ich gebe mich nicht der Illusion hin, dass die Dienerschaft sich nicht merkt, bei wem sie das ungestraft machen kann – oder aber es wurde ihr extra aufgetragen. Beides halte ich für möglich.

• • •

Der Abschied verläuft eher frostig. Meine Mutter, die Malika Kyros, lässt sich nicht dazu herab, mehr Worte als unbedingt nötig an den Grafen zu richten. Eine Musikkapelle des Militärs steht parat, der Graf gibt meinem Bruder seinen besten Hengst als Geschenk, meiner Mutter irgendein Schmuckstück und mir einen feuchten Händedruck. Dabei flüstert er mir zu, dass ich ja bereits sein »Kleinod« bekommen habe. Ich muss tatsächlich ein Augenrollen unterdrücken, bringe ein Lächeln zustande und dann ist auch das vorbei.

Olle, Silja und Heli steigen zu mir in die Kutsche. Immerhin sind es meine Gefolgsleute und meine Mutter ist der Meinung, dass sie bei mir sitzen sollten. Aber neben den dreien macht ein älterer Mann Anstalten, sich dazuzusetzen. Die beiden Sitzbänke sind von der Breite jeweils für maximal drei Leute ausgelegt und ich bin nun wirklich ein dünner Hering, Olle ist sogar noch kleiner. Silja und Heli sind ebenfalls schmal gebaut und auch der Unbekannte scheint kein Freund der Gaumengenüsse zu sein. Das wird dennoch knapp, insbesondere, wenn wir Tag für Tag gemeinsam in der Kutsche zubringen sollen.

Ich steige als Erster ein und sichere mir den hinteren Fensterplatz, wie es dem Malikan zusteht, Olle setzt sich prompt neben mich und Silja und Heli nehmen mit dem Rücken zur Fahrtrichtung Platz. Der ältere Mann sieht sich nun in der unangenehmen Lage, sich entweder unziemlich zwischen die Frauen auf die Bank zu quetschen oder zum Malikan, was seinem Stand nicht angemessen wäre. Ich weiß zwar nicht, wer er ist, aber seine Kleidung sieht nicht exquisit genug aus, als dass er im Rang hoch genug steht. Minu trägt Sachen, die zehnmal kostbarer sind als seine. Ich deute dennoch auf den Platz neben Olle und der Mann setzt sich erleichtert. Am Ende springt auch noch Halos, der Silberfuchs von Olle, zu uns herein und legt sich über unsere Füße auf den Boden.

Alle zucken zusammen, als die Hörner erklingen. Der Ton ist tief, rau und hat etwas Urtümliches. Er erinnert mich an die Luren, die Kriegstrompeten der Germanen, die eine Gruppe musikbegeisterter Spieler nachgebaut hatte und die zur Präsentation meines vorletzten MMORPGs »Nordengarde: Erbfolge der Ewigen« vor dem Haupteingang spielte. Ich habe mich für das Konzert bedankt, indem ich genau dieses Instrument nachträglich in das Spiel eingefügt hatte. Der Buff für Kämpfe war vielleicht zu großzügig gesetzt, aber dafür erforderte es viel Übung, um die Lure zu beherrschen, und nur wenige Clans konnten sich dessen rühmen. Es geht ein Ruck durch unsere Kutschkabine und der Zug aus elf Wagen setzt sich in Bewegung, begleitet von nicht weniger als einhundert ausgewählten Soldaten der Familie Kyros. Meine Mutter hat mir hoch und heilig versichert, dass wir diesmal nicht angegriffen werden, und wenn, dann werden unsere Soldaten jeden, der so unverfroren ist, in den Boden stampfen.

Ich dagegen glaube aus ganz anderen Gründen, dass wir nicht angegriffen werden. Die Familie braucht kein Bauernopfer mehr. Sie hat erreicht, was sie wollte. Zwar zweifle ich immer mehr daran, dass meine Mutter und selbst Arian in die Verschwörung verwickelt sind, aber irgendwer aus der Familie steckt dahinter, davon bin ich überzeugt. Vielleicht mein Vater, immerhin profitiert er als Familienoberhaupt am meisten von der Hochzeit und ich kann mir kaum vorstellen, dass irgendetwas ohne seine Einwilligung passiert. Bei seinen Frauen bin ich mir nicht so sicher. Die haben wahrscheinlich weder eine persönliche Beziehung zu mir noch einen Grund, mich zu schonen. Ich bin am ehesten eine Konkurrenz für ihre Kinder. Nur eine unbedeutende, da ich auf der vorvorletzten Stufe der Thronfolge stehe, aber immerhin.

»Für die, die mich nicht kennen«, hierbei sieht der Mann alle außer mich an, »ich bin Malikan Raduans Privatlehrer Elyar Qasim. Ich hoffe, ihr freut euch auf die Unterweisungen, denen ihr lauschen dürft.«

Mein Privatlehrer? Und so wie es scheint, nicht erst seit heute. Was für ein Glück, dass er das erwähnt hat, sonst … Das will ich mir gar nicht ausdenken.

»Malikan, wonach steht Euch heute der Sinn? Ich habe Geografie vorbereitet, so können wir die Reise auch mit den Büchern begleiten. Unterfüttert werden könnte dies mit Geschichte, damit wir mehr zu den Ländern und Herrschaftsgebieten erfahren, die wir durchqueren. Aber auch über unsere Standardsprache Hochimperial kann ich Euch unterrichten und warum die Sprachen der Reiche nicht mehr verwendet werden, oder aber …«

»Runen. Ich möchte lesen lernen.«

Das bringt Elyar Qasim aus dem Konzept. Er, der bis eben wie mit einem Kleinkind gesprochen hat, das er irgendwie, bitte, bitte, zum Lernen bringen will, aber auch nicht unbedingt züchtigen kann, denn ich bin trotz allem der Malikan, fange mit solch einem schwierigen Gebiet an.

»Malikan, Eure Wissbegierde freut mich und ich kann nur unterstützen, dass Ihr endlich … Ich meine, dass Ihr das Lesen erlernen wollt. Als Malikan solltet Ihr die Berichte der Beamten selbst lesen können und nicht auf Schreiber angewiesen sein, die Euch vorlesen. Zu leicht wäre es, Euch zu täuschen und …« Er räuspert sich. Anscheinend hat er sich früher den Mund fusselig geredet, um mich vom Lesenlernen zu überzeugen. Statt also weiter aufzuwärmen, was längst besprochen sein dürfte, zieht er eine Kreidetafel aus einem schlichten Leinensack, vergisst auch ein Stück Kreide nicht und reicht mir beides. Er zumindest hat keinen Inventarbeutel. »Beginnen wir mit den Buchstaben. Es gibt vierundzwanzig von ihnen und seid nicht enttäuscht, wenn es dauert, bis Ihr sie gelernt habt.«

Er erklärt weiter, während ich schon die ersten Buchstaben mit Kreide auf die Tafel schreibe. Er schwadroniert noch über die Kunst des Lesens, das Wissen, das uns von unseren Ahnen schriftlich hinterlassen wurde und nur vom des Lesens Mächtigen in

Gänze genossen werden kann, bis er sich besinnt und das kratzende Geräusch der Kreide bemerkt. Ich halte ihm das Alphabet hin.

»Ist es so richtig?«

Das aufgesetzte Lächeln – er erwartet wohl das Gekritzel eines Kindes, das so tut, als wenn es schreiben könnte – verblasst. Ja, das Alphabet kann ich bereits, sogar einige Wörter. Mir fehlt jedoch die Fähigkeit, Sätze zu bilden, irgendwo ist da eine Wissensschwelle, die ich nicht alleine überschreiten kann.

»Das ist wunderbar, Malikan, wo … wann?«

»Der Segen der Kyros' ist in meinem Überlebenskampf über mich gekommen«, antworte ich schlicht. Elyar Qasim guckt noch einmal auf die Tafel und nickt ungläubig. »So muss es sein, nie hätte ich gedacht, dass der Segen so stark wirken könnte.«

»Ist denn alles richtig?« Ich bin nicht auf der Suche nach Lob, er soll meine Schrift wahrheitsgemäß beurteilen. Erneut schaut er auf die Tafel.

»Natürlich, Malikan und …« Doch ich sehe es ihm an. Irgendetwas stimmt nicht.

»Hört mir zu, Elyar Qasim. Ich mag früher ein verwöhnter Bengel gewesen sein, doch meine Zeit im Wald, in einer mir unbekannten Stadt und überhaupt in der Gefahr haben mir eines gezeigt: Der kleinste Fehler kann zum Tod führen. Also, seht in mir für die Dauer des Unterrichts nicht Malikan Raduan, sondern einen Schüler, der lernen will. Bekommt Ihr dies hin, oder muss ich mich nach einem anderen Lehrer umsehen?«

Kapitel 6

Drei Tage haben wir auf engstem Raum verbracht. Zum Glück wurde es nicht so langweilig, wie ich befürchtet habe. Elyar Qasim ist ein Lehrer, der seinesgleichen sucht. Er stammt aus dem Adel Eibans, wenn seine Familie auch verarmt ist. Mit Details hält er sich zurück, doch hat er sein Schicksal an meine Familie gebunden. Er ist ein Freigeist, sofern man in dieser Welt davon reden kann, liebt seine Bücher und vergräbt sich mit Vorliebe tagelang in jedem Archiv, das er findet – wenn man ihn lässt. Seine Lehrtätigkeit bei mir muss eine Tortur für ihn gewesen sein, als ich noch der echte Raduan war. Der Junge war, um es vorsichtig zu formulieren, am Lernen nicht interessiert. Elyar Qasim hat ihn geradezu anbetteln müssen, nur um die Geschichte des eigenen Reiches zu erlernen, und selbst hierbei hat er – also ich – oftmals alles sofort wieder vergessen. Im Grunde ist das eine perfekte Hintergrundgeschichte für mich, um alles neu zu lernen.

Probleme gibt es nur einmal, als Silja sich weigert, ihre Wölfe zu Fuß nach Eiban zu schicken. Sie bettelt, dass wir ihre Tiere mit durch das Reiseportal nehmen, doch meine Mutter bleibt hart. Die Bestechungsgelder, um vierzig ausgewachsene Wölfe mit in eine Stadt zu nehmen, wären hoch und sie ist nicht bereit, sie zu zahlen. Das noch viel wichtigere Problem ist jedoch, dass wir nicht einfach vierzig Wölfe ohne Vorankündigung durch das Portal schicken können. Jede Stadt würde Alarm auslösen, da sie einen Angriff befürchten müsste, und ein Massaker an den Wölfen wäre noch das kleinste Übel. Eiban, sprich meinem Vater Malik Kyros, würde eine Protestnote überreicht werden und mehr als ein Kopf müsste dafür rollen. Am Ende willigt Silja ein, ihre Wölfe alleine weiterlaufen zu lassen. Olle wiegt während der Debatte Halos auf dem Schoß, doch niemand verlangt von ihm, dass er auch den Silberfuchs fortschicken soll.

Die Zeit von drei Reisetagen hat gerade eben ausgereicht, dass ich nun einfache Sätze schreiben kann, und doch mache ich immer noch viele Fehler. Warum, verdammt noch mal, ist die Schrift auch so kompliziert?

Ich stochere in meinem Essen herum, will aber alleine noch nicht anfangen und blicke immer wieder aus dem Fenster der Kutsche in den grau verhangenen Himmel. Es sieht aus, als wenn jeden Moment ein Gewitter losbrechen würde, doch bislang ist noch nicht ein Tropfen gefallen. Ich kann nur hoffen, dass es dabei bleibt. Wie Kutschen bei Schlamm und Unwetter kämpfen müssten, kann ich mir nur zu gut vorstellen. Die Tische und Stühle, die gestern Abend noch in der Nähe der Feuerstelle standen, sind längst verstaut worden. Olle, Silja und Heli, die alle drei bei den Dienern schlafen, habe ich heute noch gar nicht gesehen. Ich sitze also alleine mit meinem Teller in der Kutsche, mein Magen knurrt und ich überlege gerade, ob ich doch schon anfangen soll, als der Wagenschlag aufgerissen wird. »Endlich, ich habe Hunger«, murre ich.

»Seit wann wartet ein Malikan auf seine Diener, um zu speisen?« Statt meiner bisherigen Reisegefährten steht Minu da. Sie tritt zur Seite und lässt erst meine Mutter vorbei, bevor auch sie einsteigt.

Minu reißt mir den Teller aus der Hand, klappt ein Holzbrett an der Seite um, sodass ein schmaler Tisch zwischen den beiden Sitzbänken entsteht und deckt rasch für alle. Lilith setzt sich neben mich, für ihren Stand wäre es eine Ungeheuerlichkeit, mit dem Rücken zur Fahrtrichtung zu sitzen, dafür sitzt Minu uns gegenüber.

»Schatz, wir müssen reden.« Meine Mutter blickt mich ernst an und ich überlege unwillkürlich, was ich denn nun wieder angestellt haben könnte. »Wir erreichen vor dem Mittag Roskilde, damit wir über das Reiseportal dort nach Bexda kommen. Ich will nicht, dass du mich erneut in Verlegenheit bringst, versprichst du mir vernunftig zu sein, Schatz?«

Ich habe absolut keine Ahnung, was sie meint. Gibt es irgendwelche Gepflogenheiten, die ich beachten muss?

»Versprich mir einfach, dass du wie ein Mann hindurchkommst, ja? Spring nicht aus der Kutsche, versuche auch nicht zu flüchten und vor allem nicht zu schreien.«

Autsch, was hat Raduan bloß alles für Ängste gehabt? Schlangen, Spinnen und das Reiseportal?

»Klar, ich werde versuchen, den Schmerz so gut es geht …«

»Raduan! Du weißt ganz genau, dass es nicht wehtut! Es schmerzt nicht! Du wirst nicht zerrissen und es passiert rein gar nichts!« Lilith schreit nicht, aber es fehlt auch nicht viel. »In einem Moment bist du hier und im nächsten ganz woanders.«

»Natürlich, Mutter, ich werde Euch nicht in Verlegenheit bringen. Seit meinem Erlebnis mit den Räubern beurteile ich Gefahr ganz anders, macht Euch bitte keine Sorgen.«

Minu und Lilith sehen sich gegenseitig an, nonverbal kommunizieren sie. Meine Mutter schüttelt den Kopf, doch ihre Dienerin nickt. Anschließend wechseln sie die Kopfbewegung, bis dann beide sich auf ein Nicken verständigen.

»Also gut, Schatz, ich vertraue dir, lass es mich nicht bereuen.«

»Das werdet Ihr nicht.«

Sie knufft mich bei der höflichen Anrede in die Seite, doch damit ist es beschlossen. Ich genieße die restliche Fahrt, indem ich aus dem Fenster schaue, den zudringlichen Händen meiner Mutter zu entgehen versuche, die mir ständig die Haare richten, das Wams glattziehen oder einen Schmutzfleck entfernen will. Ich glaube immer weniger, dass sie mich umbringen lassen wollte, aber ich zwinge mich dazu, einen Rest Zweifel beizubehalten. Vielleicht bereut sie auch nur ihre Entscheidung und überschüttet mich deswegen mit mütterlicher Fürsorglichkeit.

Ich lausche der leisen Unterhaltung über Politik. Wer mit wem im Streit liegt, wessen Armee gerade mit neuen Schwertern ausgerüstet wird, welches Reich zurzeit neue technologische Fortschritte macht. Besonders schwärmen beide vom Nachbarreich Pers, dessen Thronfolger im Begriff ist, meine Schwester zu heiraten.

»Sie haben zwei neue Goldminen im Süden entdeckt, damit könnten wir alle unsere Soldaten mit Streitwagen ausstatten«, meint Minu begeistert.

»Abwarten, zuerst müssen sie Pasargadae dabei unterstützen, dass die Stadt zu neuer Blüte gelangt. Ich kann den abbröckelnden Putz an den öffentlichen Gebäuden nicht mehr sehen, außerdem wäre es schön, wenn wir die Springbrunnen reparieren und die Wasserleitungen erneuern könnten.«

Sie haben ja nicht gerade wenige Wünsche. Steht es wirklich so schlecht um Eiban? »Warum sollte Pers so viel Geld in uns investieren? Was haben sie davon?«, frage ich.

Meine Mutter stutzt, doch dann hebt sie hochmütig den Kopf. »Weil wir eine Familie sein werden. Unser Stolz wird ihr Stolz sein.«

Puh, für mich sieht das stark nach Wunschdenken aus. Familie, ein großes Wort für Mörder der eigenen Verwandtschaft, und irgendwer aus der Familie wollte mich definitiv umbringen. Der Kristall der Kyros', der die Kopfgeldjäger zu mir führen sollte, kam ja nicht aus dem Nichts.

Entgegen Liliths Begeisterung scheint Minu so wie ich eher skeptisch zu sein. »Beim besten Willen kann ich mir nicht vorstellen, dass sie das echte Persan wiederauferstehen lassen wollen. Der Malik aus Pers ist zu stolz auf sein Reich.«

»Er hat sogar angekündigt, dass bei den gemeinsamen Kindern unser Familiennamen Kyros vergeben wird, Minu. Er *wird* Persan wieder auferstehen lassen«, kontert meine Mutter.

»Er ist ganz wild auf den Segen von Kyros I. und den daraus entstehenden Vorteilen. Der Mythos rund um den Namen lebt, sieh dir doch nur Raduan an. Aber dennoch will er Bexda mit seinem Reiseportal als Hauptstadt behalten und unser schönes Pasargadae zur Provinzstadt degradieren.«

Die beiden streiten weiter und an der offenherzigen Unterredung erkenne ich wieder einmal, wie nah Minu meiner Mutter stehen muss. Sie ist Kammerzofe,

Beraterin und Freundin in einem. Sie bringt mich allerdings auch ins Grübeln. Wenn ich es aus dem Unterricht mit Elyar Qasim richtig verstanden habe, sind wir entfernt mit dem Malik aus Pers verwandt, doch unser Zweig geht direkt auf Kyros I. zurück, ihre Blutlinie dagegen nur auf dessen Bruder. Die anderen Reiche um Eiban und Pers gehörten vor langer Zeit ebenfalls zu Persan. Besonders das heute so mächtige Kordestan war damals eine Quelle des Reichtums im Herrschaftsgebiet meines Urahns. Aber selbst da war Bexda schon die Hauptstadt von Persan, und Pasargadae hatte an Bedeutung verloren. Geschichtlich lässt sich also auch nicht argumentieren, dass Pasargadae die Hauptstadt bleiben soll, wenn selbst mein Urahn Kyros I. sich für Bexda entschieden hat. Jeder nüchterne Betrachter sieht außerdem ein, dass ein Reiseportal für die Hauptstadt von Vorteil ist.

»Wir erreichen gleich Roskilde, Malika.« Die Stimme des Kutschers beendet die Debatte und meine Gedanken. Ich drücke mich an die Fensterscheibe und versuche etwas zu erkennen, doch außer Passanten neben uns sehe ich nichts von der Stadt. Bald schon verdoppelt sich die Straßenbreite und wir fahren auf der linken Spur weiter. Alle Fußgänger laufen auf der rechten Seite und in der Mitte ist Platz für Fuhrwagen und Karawanen der Händler.

Während sich die Fußgänger bald nur noch im Schneckentempo vorwärtsschieben, kommen die Wagen auf der mittleren Spur noch in Schrittgeschwindigkeit voran. Wir dagegen haben gar keine Geschwindigkeitseinbußen – der Vorteil, zum Adel zu gehören. Nachdem wir die endlose Schlange passiert haben, halten wir. Ich drücke mir erneut die Nase platt und sehe vor uns eine gewaltige Stadtmauer aufragen. Das hier ist überhaupt kein Vergleich zur Mauer von Druyensee. Dreißig Meter ragt die Wehrmauer empor und ganz oben sehe ich Verteidigungswaffen über die Mauerkrone ragen. Ich vermute, es handelt sich dabei um Ballisten, aber mit den Waffen dieser Welt kenne ich mich nicht aus. Elyar Qasim kann mir dazu bestimmt einiges verraten, nur sitzt er irgendwo anders. Aber meine Mutter müsste es doch auch wissen.

»Mutter, was für Verteidigungswaffen sehe ich dort oben?«

»Du redest wirklich immer besser!«

Urplötzlich finde ich mich in ihrer stürmischen Umarmung wieder; manchmal braucht es so wenig. Ich habe mich allerdings noch immer nicht an ihre Zuneigungsbekundungen gewöhnt, immerhin ist sie nicht *meine* Mutter, sondern Raduans. Verlegen befreie ich mich aus ihren Armen. Sie drückt mich zur Seite und wirft einen Blick aus dem Fenster.

»Das sind Ballisten gegen Wyvern und dort auf den Turmplattformen stehen die gefürchteten Trebuchets. Mit ihnen können gewaltige Munitionskugeln weit weggeschleudert und gerade wegen der erhöhten Position Angreifer mit einem Geschosshagel vernichtet werden, bevor diese selbst in Angriffsreichweite kommen. Roskilde befand sich noch bis vor drei Jahrzehnten in einem ständig wiederaufflammenden Krieg mit dem Nachbarreich Albion, das es auf das Reiseportal abgesehen hatte. Darum haben sie vor etwa einem Jahrhundert ihre Verteidigung auf Trebuchets umgestellt. Seitdem kam kein Feind jemals wieder nah genug an die Stadtmauern, um sie zu überwinden. Seit drei Jahrzehnten herrscht ein brüchiger Frieden, doch Albion hat seine sehnsüchtigen Augen garantiert noch nicht abgewandt. Wären sie nicht so eng mit dem Kernimperium befreundet, hätte der Imperator ihnen längst befohlen, diesen Unsinn bleiben zu lassen.«

Schön, dass mir meine Mutter diese Informationen auf dem Silbertablett serviert. »Haben wir auch Trebuchets auf unseren Mauern?«

»Wir haben vier Türme damit ausgestattet, die die Meerenge und den Palast schützen. Zur Landseite hin haben wir nur einfache Katapulte stehen.«

Interessant. Von meinem Lehrer weiß ich mittlerweile, dass Pasargadae am Meer erbaut wurde. Der Herrscherpalast steht auf einer künstlichen Insel davor, wobei lediglich ein breiter Kanal von fünfzehn Metern ihn von der restlichen Stadt trennt. Der Kanal ist nicht einmal besonders tief, was wiederum ein Vorteil ist, da er nicht mit einem Schiff befahren werden kann. Sollten wir also mit einer Flotte angegriffen werden, können sie nicht bis in den Kanal vordringen. Es gibt noch eine kleine Insel im Süden, auf der es ursprünglich nichts gab als Urwald, doch seit zweihundert Jahren siedeln dort Halblinge. Insgesamt ist Pasargadae eine Stadt vieler Völker. Während Druyensee fast nur von Menschen bewohnt wird, leben bei uns Zwerge, Halblinge und sogar Elfen. Von Letzteren aber nur eine Handvoll, da sie sich lieber in der freien Natur aufhalten. Doch keine Stadt, die etwas auf sich hält, kommt ohne die großen Völker aus. Halblinge sind begnadete Bauern, Zwerge machen die Verteidigungsbauten stark und uneinnehmbar und ihre Schmiedekunst ist unvergleichlich. Die Elfen dagegen hüten die Geheimnisse der Magie, der Elemente und natürlich der Alchemie. Die Menschen? Tja, die können sich am besten vermehren, sie eignen sich das Wissen der anderen Völker an und beherrschen von allem etwas, aber nie so gut wie die Völker, von denen es stammt. Wir sind praktisch die Heuschreckenplage in einer grünen Welt und haben uns unseren Platz in der Geschichte mit viel Blut und noch mehr Gewalt angeeignet.

Unsere Kutsche ruckt an, als wir losfahren. Die Formalitäten sind inzwischen wohl erledigt. Die Stadtwachen stehen in Habachtstellung vor dem Tor und blicken starr geradeaus. Nicht einer wagt einen Blick zu uns in die Kutsche hinein. Das ist ein ganz anderes Verhalten, als das der Wachen in Druyensee, die auf mich insgesamt lockerer wirkten.

»Werden wir dem Herrscher unsere Aufwartung machen?«, frage ich.

»Nein, wir fahren direkt zum Reiseportal. Mach dir keine Hoffnung, Raduan, und denk an dein Versprechen.«

Ich hatte gar nicht vorgehabt, Zeit zu schinden, ich dachte nur, es wäre Usus, kurz beim Herrscher Hallo zu sagen, wenn man in seiner Stadt ist. Aber vielleicht gelten bei der Durchreise andere Regeln.

• • •

Über Roskilde kann ich nicht viel sagen, außer dass auf den engen Gassen viel zu viele Menschen unterwegs sind und es hier schlecht riecht. Überall auf der Straße erblickt man Exkremente und einmal sehe ich sogar, wie eine Frau in hohem Bogen einen Nachttopf aus dem Fenster entleert. Ich bin entsetzt. Selbst in

Druyensee war so etwas nicht üblich und diese Hauptstadt ist doch so viel größer.

»Mutter …?«

Sie weiß schon, was ich fragen will, hat sie doch dasselbe gesehen wie ich. »Und darum verscherzt du es dir niemals mit dem Herrschergeschlecht von Kordestan und ihrer Herrscherin Malika Kurda.« Sie muss meinen ratlosen Blick nicht direkt sehen, um weiter auszuholen. »Kordestan war schon lange vor Kyros I. die größte Schmiede von hochwertigen Artefakten der Welt. Alle Schmiede von Artefakten auf Jorden, die etwas auf sich halten, werden dort ausgebildet und schwören mit ihrem Blut auf ein Reichskleinod, den Anweisungen Kordestans in allen Belangen zu gehorchen. Wenn es sich also jemand mit der Herrscherin von Kordestan verdirbt, werden alle Artefaktschmiede das entsprechende Reich verlassen und nicht das kleinste Artefakt gelangt mehr dorthin.«

»Und bevor du fragst, die Artefakte, die die Ausscheidungen von Menschen neutralisieren und die Städte erst lebenswert machen, stammen alle aus Kordestan«, ergänzt Minu.

»Darum bleiben wir auch nicht länger. Es soll nicht das Gerücht aufkommen, wir wären mit Roskilde befreundet, es steht zu viel auf dem Spiel.«

Die Worte stimmen mich nachdenklich. Kordestan ist nicht weit weg von Eiban, zumindest für hiesige

Verhältnisse. Ich habe noch keine Ahnung, wie ich mir die Nähe zu Kordestan nützlich machen kann, doch ein so mächtiges Reich wird früher oder später auch das Ziel meiner Konkurrenten sein. Ich werde schneller sein müssen als sie.

Mitten in meiner Überlegung werde ich vom stechenden Geruch gestört, ich sehe auf meine Mutter, die sich bereits ein parfümiertes Tüchlein vors Gesicht hält. Minu tut es ihr gleich und reicht mir ebenfalls ein Stück Stoff. Lange müssen wir den Gestank zum Glück nicht ertragen, wir werden nur noch einmal an dem zentralen Platz der Stadt aufgehalten, bis die Wachen uns passieren lassen. Neugierig schaue ich aus dem Fenster, doch meine Mutter, die mir einen Arm um die Taille gelegt hat, muss sich nicht sorgen, dass ich davonlaufe. Ich will nur wissen, wie das Portal aussieht. Aber erst als wir abbiegen und uns der Schlange der wartenden Reisenden nähern, bekomme ich das Reiseportal zu sehen.

»Beim letzten Mal warst du nicht so neugierig«, meint meine Mutter.

»Nein, du wolltest lieber weglaufen«, ergänzt Minu, was ihr allerdings einen strafenden Blick einbringt.

Wie um mich von diesem Gedanken abzulenken, erklärt mir meine Mutter, was ich sehe. »Es ist ein Ring aus Messing, dreißig Meter im Durchmesser, obwohl nur das obere Drittel aus der Erde herausschaut. Die

Symbole, die am Rand eingraviert sind, ähneln unseren Runen. Siehst du dafür die sieben Scheiben, die sich auf dem Messingring bewegen? Jedes Portal hat seine eigene Symbol-Kette und kann über diese angesteuert werden.«

»Haben sich die Runen aus den Koordinatenzeichen am Portal entwickelt oder anders herum?« Ich flüstere nur, doch meine Mutter versteht mich ausgezeichnet.

»Elyar Qasim hat mir schon berichtet, mit welchem Eifer du lernst, Schatz, doch ich wollte es nicht glauben. Ich freue mich, dass ich mich geirrt habe. Leider kann ich dir deine Frage nicht beantworten, sie gehört zu den vierzehn Geheimnissen der Nuv, die bis heute nicht entschlüsselt werden konnten.«

»Achtung, Lilith«, flüstert Minu. Ich weiß zuerst gar nicht, was sie meint, bis ich sehe, dass uns Platz gemacht wird und wir geradewegs zur Spitze der Schlange fahren. Die Scheiben am Portal setzen sich in Bewegung, drehen sich rasend schnell um den Messingring, der zwar in den Boden eingelassen ist, aber den Scheiben Platz lässt, sich zu bewegen. Und nachdem sie zum Stillstand gekommen sind, blitzt und summt das Portal. Strom scheint über seine Oberfläche zu fließen, bis irgendwann ein Blitz über das Loch in der Mitte springt, dann noch einer und noch einer. Hunderte, Tausende Blitze summieren sich zu einer Fläche und nicht nur mir stehen die Haare zu Berge.

»Keine Angst, Schatz, so muss es sein.« Meine Mutter hält mich fest und wie zufällig postieren sich zwei unserer Soldaten so neben der Kutsche, dass die Tür nicht mehr geöffnet werden kann. Wahrscheinlich sollen sie mich aufhalten, falls ich den Kopf verliere und flüchten will. Doch ich bin viel zu fasziniert von dem Anblick, der sich mir bietet. Ein fernes Donnern ertönt, dann erscheint vor meinen Augen ein fremder Marktplatz, der durch den Ring des Portals zu sehen ist. Er ist nicht weniger belebt als der in Roskilde, dafür scheint es dort sonniger zu sein. Ich lehne mich bequem zurück und Lilith entspannt sich ein wenig. Die Kutsche fährt nach einem kurzen Stopp wieder an und das Portal lässt unsere Reisegruppe – eine Kutsche nach der anderen – hindurch. Kaum sind die letzten Fußsoldaten durchmarschiert, erlischt die Magie und wir haben Tausende Kilometer in einem Sekundenbruchteil überwunden.

»Das war's schon«, sagt Lilith. Wir verlassen in unseren Kutschen den Bereich direkt vor dem Portal und ich erblicke eine lange Warteschlange von Wagen und Fußgängern, die offensichtlich von hier abreisen wollen. Die Fenster lassen die trockene Luft herein und die Temperatur scheint mindestens auf das Doppelte angestiegen zu sein. So weit im Süden ist der Sommer um einiges heißer. Silja sollte es freuen, hat sie sich doch über das kalte Wetter im Norden geärgert.

»Ich bin wirklich stolz auf dich, du bist so erwachsen geworden.«

Ich würde ihr die Worte sogar abkaufen, wenn sie mit mir nicht weiterhin wie mit einem Kind sprechen würde. Aber so sind Eltern, besonders bei Nachkommen mit meiner Geschichte.

Also auf zum letzten Teil der Reise. Doch statt den anderen Reisenden zum Stadttor zu folgen, geleitet uns eine Schar Soldaten zum Palast. Was ist denn jetzt los?

• • •

»Und, Ibris, weckt das ungute Gefühle?« Ona steht neben dem Gott und blickt wie er auf Bexda.

»Aber nicht doch. Kyros I. war ein großartiger Champion. Wenn Halver damals nicht betrogen hätte, sodass die ganze Wette abgeblasen werden musste, wäre ich der Sieger gewesen. Und vor allem müssten wir die Wette nicht ständig wiederholen.«

»Du hast auch deinen Teil an Regelübertretungen begangen, tu nicht so, als wenn du immer sauber geblieben wärst.«

»Übertreib nicht. Wenn Syma Halver nicht aufhält, muss ich es tun. Und ich war es nicht, der diesmal die Attentäter auf Halvers Favoriten angesetzt hat, ich wasche meine Hände in Unschuld.«

»Die Menschen auf der Erde würden dazu wohl Beihilfe sagen, da du mich auch nicht davon abhältst.«

Ibris winkt ab. »Solange Syma mich damit nicht in Verbindung bringt, ist mir das egal.«

»Apropos Syma, die war in letzter Zeit erstaunlich langsam. Woran liegt das?«

»Das Turnier der Universen steht vor der Tür. Eine Milliarde Galaxien kämpfen um den Sieg, sie ist mit anderem beschäftigt.«

Beide Götter schweigen andächtig. Sie, die nicht das Recht haben, an diesem Turnier teilzunehmen, kommen nie auch nur in die Nähe einer solchen Ehre.

»Dann wundert es mich nicht mehr, Syma wird alle Hände voll zu tun haben, um das Event über die Bühne zu bringen. Es hat doch keine Auswirkung auf Jorden, oder?«

»Ach Quatsch, Jorden ist kaum mehr als ein flüchtiger Gedanke für Syma und sollte sie doch einmal überfordert sein, würde die große Eine eingreifen.«

»Dann ist es ja gut. Schauen wir uns das Turnier an?« Ona macht eine weit ausholende Bewegung mit dem Arm und der Ausblick auf eine Milliarde Galaxien wird sichtbar, ein Bild, das nur Götter verstehen können.

»Wozu? Wir werden nie zu den Großen gehören, die haben unsere Namen noch nicht einmal gehört. Widmen wir uns lieber unserer eigenen Wette.«

Kapitel 7

Warum wir nicht aus der Stadt hinausreisen, wird mir bald klar: wegen meiner Schwester Bayla, genauer gesagt, wegen der Vorbereitungen für ihre Hochzeit. Es gibt wirklich kein Reiseportal in meiner Heimatstadt Pasargadae. In Eiban scheint es gar keine Bauten der Nuv zu geben, was auch ein Grund dafür sein könnte, dass wir nicht so wohlhabend sind wie andere Reiche. Dagegen hat Bexda, die Hauptstadt von Pers, in das meine Schwester einheiratet, beides: Turm und Reiseportal.

Die Hochzeit soll in fünf Wochen stattfinden und meine Mutter sieht es nicht ein, in langen zwei Wochen nach Hause zu hetzen, kurz Guten Tag zu sagen und dann gleich wieder zurückzufahren. Ich kann mir wirklich nicht erklären, warum.

So hat Lilith von vornherein geplant, hierzubleiben und die Hochzeitsvorbereitungen zu begleiten. Sie hielt es zwar nicht für nötig, mich auch nur mit einem Wort darüber zu informieren, aber ich hätte es wissen können, wenn ich darüber nachgedacht hätte.

Ich schaue also auf die Menschenmenge, die sich durch die Straßen Bexdas schiebt. Außer unserer sehe ich keine Kutschen, sondern ausschließlich Sänften. Kein Wunder, dass wir nur langsam vorankommen. Mit unseren sperrigen Wagen und ihren jeweils sechs

Pferden brauchen wir so viel Platz, dass wir uns nirgends hindurchquetschen können. Dazu kommen noch unsere Soldaten, die uns die Passanten vom Leib halten. Etliche Straßenverkäufer versuchen ihre Waren zu uns hereinzureichen, um irgendetwas zu verkaufen. Dabei gehen sie so dreist vor, dass wir die Fenster schließen müssen, damit sie nichts hereinwerfen können. Die Soldaten zücken nicht die Schwerter, in einem fremden Reich die Bürger niederzumetzeln, wäre wohl keine gute Idee, aber dafür teilen sie Faustschläge aus. Schon bald geht es zügiger voran und wir folgen einer Karawane, die kurz vor uns ebenfalls durch das Reiseportal eingetroffen ist.

Die biegt jedoch unvermittelt ab und kaum einen halben Kilometer weiter sind wir auch schon vor den Palastmauern. Am prächtigen Tor bleiben wir diesmal länger stehen als in Druyensee und Roskilde zusammen. Pers mit seinem Herrscherpalast ist aber auch eine Nummer größer als die Provinzstadt, wo ich aufgetaucht bin, oder Roskilde. Gleich zehn Lanzenträger haben sich vor dem Tor aufgestellt und doppelt so viele Bogenschützen schauen von den beiden Türmen links und rechts auf uns herunter. Waffen zur Verteidigung sind ebenfalls reichlich zu sehen, allen voran die gefürchteten Trebuchets. War ich von dem Hebelgeschütz in Roskilde schon beeindruckt, bleibt mir hier angesichts der doppelt so großen Verteidigungswaffen der Mund offen stehen. Das Gegengewicht muss gigantisch sein, sodass sie locker eine halbe Tonne Hunderte Meter weit schleudern können. Wenn ich die Magie dieser Welt mitbedenke, dann kann ich die Grenzen ihrer Leistung nicht einmal erahnen. Und diese Waffen wurden in der Stadt aufgestellt. Gegen welche Armee wappnet sich der Malik von Pers mitten in seiner eigenen Hauptstadt?

Ich werde durch das Anfahren der Kutsche in meinen Gedanken unterbrochen. Mutter zieht mich zurück auf meinen Platz, damit ich nicht wie der letzte Hinterwäldler alles beglotze. Ich muss mir wirklich Mühe geben, um nicht gleich wieder das Fenster zu öffnen. Die Lanzenträger stehen Spalier und wir fahren hindurch. Hinter der zwanzig Meter hohen Mauer öffnet sich zuerst eine grüne Wiese, auf der Pferde grasen. Ich kann Ställe und Kasernen erkennen. Das da hinten könnte ein Tempel sein. Aber das alles beherrschende Gebäude ist der Palast, auf einem gigantischen Felsen erbaut. Der Felsen, der als sein Fundament dient, ist bereits fünf Meter hoch und der Palast ragt weitere einhundert Meter in die Höhe. Seine Grundfläche soll laut Elyar Qasim etwa einen Quadratkilometer umfassen. Der weiße Granit reflektiert das Sonnenlicht so gut, dass ich immer wieder die Augen abwenden muss. Vier Türme samt Verteidigungswaffen schützen den Palast, dazu umringt eine niedrige Mauer den Felsen. Wie in Druyensee schraubt sich in der Mitte der gigantische Turm der Nuv in den Himmel, der noch einmal fünfzig Meter höher ist als das Dach des Palastes. Kyros I. hat diesen Palast erbauen lassen, als er beide Reiche vereinte und hinterher seinen Sitz hierher verlegte. Der Herrscher von Pers muss viel Geld haben, um all das in Schuss zu halten. Wenn ich an meine Heimatstadt auf der Erde denke, wo überall der Putz abblätterte … Hier wirkt alles nigelnagelneu.

»Was haben sie alle nur mit diesen Türmen?«, frage ich mich leise. Klar, dass Vorräte vervielfältigt werden können, ist toll, doch das kann unmöglich alles sein.

Lilith schaut an mir vorbei, dann blickt sie mich an, dann wieder nach vorne. »Du meinst den Turm der Nuv?« Die Frage klingt so verblüfft, dass ich befürchte, wieder etwas Dummes gesagt zu haben.

»Nein.«

Doch sie durchschaut mich. »Die Nuv, das Volk, das schon länger von Jorden verschwunden ist, als es uns Menschen gibt, waren Meister in der Beherrschung der Magie. Sie haben auf der ganzen Welt an Orten der Macht ihre Türme errichtet. Wobei gemunkelt wird, die Orte wären erst, seit es die Türme gibt, so machtvoll geworden. Wie auch immer, neben dem Glauben, dass es Glück und Wohlstand bringt, seine Reichshauptstadt an solch einem Ort zu erbauen, bringt es auch handfeste Vorteile. Es liegt ein Konservierungszauber darauf. In Lebensmittellagern, die im Turm eingerichtet sind, verderben die Vorräte nicht. Die Menschen leben nachweislich länger und leiden nicht so oft an Krankheiten.«

»Können alle Türme Lebensmittel vervielfältigen so wie der Turm in Druyensee?«

»Nein, hier in Bexda steht eine andere Art von Turm. Sei bloß nicht neidisch auf den Grafen von Druyensee, weil er am Ende eines Tages mehr Lebensmittel hat als am Morgen. Der Preis für die Vervielfältigung ist hoch. Der Turm hat einen inneren, einen positiven Wirkbereich, in dem es allen besser geht. Das betrifft hier in Bexta beispielsweise alles innerhalb des Palastbezirks. Doch dafür nimmt er seine Kraft aus der Lebensenergie der Menschen, die außerhalb dieser Grenze leben.«

»Aber der Graf hat doch seine Schatzkammern im Turm untergebracht, er will sein Gold, seine Edelsteine und seine Perlen dort vermehren.« Die neuen Informationen überraschen mich derart, dass ich damit herausplatze.

Meine Mutter sieht mich verblüfft an, dann Minu, die rasch meine Worte in ein Notizbuch niederschreibt. »Wenn das wahr ist, ist der Graf vielleicht ein Genie, da er die magischen Beschränkungen des Turms aufheben konnte, denn noch nie konnte ein Turm Schätze vervielfältigen. Doch daraus könnte eine Katastrophe ungeahnten Ausmaßes für die Stadt folgen.«

Ich verstehe es erst nicht, doch dann erkenne ich die Logik darin. »Wenn der Turm den Einwohnern für ein bisschen Essen schon einen Teil ihrer Lebensenergie raubt, wie viel muss er verbrauchen, wenn er Schätze herstellt!«

Abermals schaut meine Mutter verblüfft, diesmal, weil ich es so schnell begriffen habe. Ein Ruck geht durch die Kutsche und wir fahren die breite Rampe zum Palast empor. Ein gigantisches Tor steht offen, doch ich gebe mich nicht der Illusion hin, dass hier laxere Sicherheitsvorkehrungen herrschen als am Tor zum Palastbezirk. Dafür gibt es zu viele Soldaten, die uns aufmerksam beobachten. Besonders unsere Kutsche, also die mit mir und meiner Mutter, wird nicht aus den Augen gelassen. Ganz so, als wenn sie sichergehen wollten, dass wir wirklich hier drin sind und nicht lediglich das Emblem der Kyros' auf der Kutsche spazieren fahren.

Der Palast nimmt den gesamten Platz auf dem Felsen ein, dadurch ist selbst der Vorplatz in den Bau integriert. So stehen wir nicht mehr in der blendenden Sonne, als wir anhalten, sondern in einer riesigen Halle von rund dreißig mal fünfzig Metern. Zwanzig Meter über uns spannt sich die Decke, von gewaltigen Säulen getragen. Von allen Seiten umgeben uns dicke Steinmauern und oben sehe ich eine Reihe Mörderlöcher, durch die, wenn es notwendig werden sollte, sicherlich zentnerschwere Steine, heißes Öl, Schlacke, oder was auch immer hier verwendet wird, herabfällt.

Ein deutlich kleineres Tor, diesmal nur sechs mal vier Meter, trennt diese Vorhalle vom eigentlichen Palast.

Über einhundert Diener treten in perfekter Formation vor, öffnen synchron die Türen aller Kutschen. Andere wiederum nehmen die Zügel der Pferde unserer Soldaten in die Hand. Ich bin verwundert, wie zuvorkommend sie ihnen gegenüber sind, bis ich sehe, dass all unsere Männer ihre Schwerter, Dolche, Bögen, Pfeile, kurz alle Waffen, die sie bei sich führen, abgeben. Die Diener verschnüren sie zu Bündeln und legen sie in bereitstehende Kisten, die wiederum auf Einspänner geladen und abtransportiert werden.

Erneut geht mir die Frage durch den Kopf, warum der Malik so auf seine Sicherheit bedacht ist. Wir steigen endlich aus und Mutter erwartet offenbar den Herrscher persönlich zu begrüßen. Sie blickt sich mit einem strahlenden Lächeln um, das sämtliche Diener erreicht, die sich sichtlich in ihrem Wohlwollen sonnen. Doch ihr Lächeln verblasst ein wenig, als sie lediglich die Bediensteten und einige Beamte sieht und niemanden von der Herrscherfamilie selbst. Nicht einmal der zukünftige Schwiegersohn hat sich hierher bequemt. Das wird definitiv keine Liebesheirat, sondern ist eiskaltes Kalkül. Mein Bruder tritt zu uns und seine Miene offenbart seinen Ärger über diese Unhöflichkeit. Das Lächeln meiner Mutter verschwindet nicht, doch mein

Skill Hofpolitik flüstert mir energisch zu, wie wütend sie unter ihrer Maske der Freundlichkeit ist.

Der Mann in Seidengewändern, der bisher hinter den Dienern stand und meine Mutter angegafft hat, zieht die Schultern zurück und kommt nun auf uns zu. Er schaut prachtvoll aus mit den Juwelen und dem Goldschmuck, die seine Brust schmücken, und er hat gleich ein Dutzend Jünglinge im Schlepptau. Diese Burschen achten auf jede seiner Regungen und lassen sich keines seiner Worte entgehen. Auf mich wirkt er wichtig. Ich würde ihn vielleicht für einen Mann aus der Herrscherfamilie halten, wenn meine Mutter nicht einmal tief durchgeatmet hätte, als wenn das der Gipfel der Unhöflichkeit wäre.

»Malika Kyros, Malikan Arian, es ist mir eine Ehre, Euch empfangen zu dürfen.« Er verbeugt sich mehrmals vor den beiden, mich ignoriert er.

»Babi Zari, ich bin erfreut, Euch so bald wiederzusehen«, antwortet meine Mutter. Ein Argloser würde bei dieser Stimme dahinschmelzen, doch erneut mischt sich mein Skill Hofpolitik ein und sagt mir, dass Lilith alles andere als glücklich ist. Dieser Babi Zari, wobei »Babi« wie ein Titel anmutet, hat garantiert seine Hofpolitikfähigkeiten noch besser entwickelt als ich und weiß es sicherlich ebenfalls. Aber er lässt sich nichts anmerken. Ich wirke eine Analyse auf ihn.

Name:	Azad Zari
Klasse:	Level 37 Haushofmeister
Fortschritt:	1 %
Gesundheit:	150 / 150
Manapunkte:	210 / 210
Energie:	120 / 120
Volk:	Mensch-Zyklop

Ach, sieh einmal an, ein Hybride. Und dabei hat er zwei Augen, also muss irgendwo in seinem fernen Stammbaum ein Ahne ein Techtelmechtel mit einem Zyklopen gehabt haben. Interessant ist auch seine Klasse als Haushofmeister. Damit ist er wohl kaum gestartet, kann ich aber eine Klasse beliebig ändern oder gehören dazu bestimmte Voraussetzungen?

»Wenn Ihr mir bitte folgen wollt, wir haben die besten Zimmer für Euch vorbereitet.«

Also trotten wir ihm alle hinterher und Mutter und Arian nehmen – so wie ich Heli – ihre persönlichen Diener mit sich. Alle anderen, wie leider auch Olle und Silja, bleiben bei den Soldaten zurück.

Zum Glück muss ich mein Gepäck nicht selbst schleppen, denn bei der Treppe wird es haarig. Der Palast sieht von außen mit seinen hundert Metern bereits sehr hoch aus, aber das ganze Ausmaß wird mir erst bei diesen Treppen bewusst. Ein Königreich für einen Fahrstuhl!

Bei solchen Steigungen benötige ich neben meiner Ausdauer auch viel Kraft und, nun ja, daran hapert es wie immer. Vollkommen erschöpft komme ich oben an und meine Beine fühlen sich an, als wenn sie jeden Moment einknicken würden. Mehr als einer der Jünglinge rund um den Haushofmeister hat das bemerkt, doch zum Glück bringt es niemand zur Sprache. Ich gebe mir Mühe, nicht wie ein Ochse zu schnaufen und meine Atmung zu beruhigen, bekomme dafür aber auch kaum noch etwas anderes mit. Endlich auf unserer Etage angekommen, gehen wir den Flur entlang und zuerst bekommt meine Mutter ihre Unterkunft, dann fünfzig Meter weiter mein Bruder und ganz am Ende ich.

Im Gegensatz zu Druyensee haben sie entweder keine Zimmer nebeneinander oder sie trennen uns ganz bewusst. Vor allem werden wir nicht an den Wachen vorbei eine Durchgangstür nutzen können, um mal eben bei der Verwandtschaft vorbeizuschauen. Ich stehe zuerst im Eingang herum, sehe zu, wie die Palastdiener, die mein Gepäck geschleppt haben, im Ankleidezimmer flugs die Kleidung auspacken, wenn auch Heli das ein oder andere Mal eingreift, um etwas anders abzulegen. Das wird noch dauern und ich erkunde derweil die Räumlichkeiten. Ein Bad gibt es samt Badewanne und fließendem Wasser. Und sogar heißes Wasser kommt aus dem Hahn, als ich ihn aufdrehe! Der Malik von Pers hat garantiert keine Schwierigkeiten, Artefakte aus Kordestan zu beziehen. Eine Leseecke mit einem Bücherregal ist am Fenster eingerichtet. Interessiert ziehe ich einen Band heraus. Die Buchstaben kann ich nicht lesen, es sind keine Runen, sondern eine vollkommen andere Schrift. Ist es das, was Elyar Qasim gemeint hat? Wir hatten ganz kurz auf der Reise über das Hochimperial als Standardsprache gesprochen, und dass die lokalen Sprachen in den Reichen nahezu ausgestorben sind. Neben der Leseecke gibt es noch eine kleine Kammer mit einer Pritsche, die wohl für einen Diener vorgesehen ist, und als letzten Raum ein großes Schlafzimmer. Das Bett ist riesig, es würde leicht für vier oder mehr Personen reichen. Ich habe schon bemerkt, dass die Betten in dieser Welt ein Statussymbol darstellen: Je größer sie sind, desto reicher ist der Besitzer. Immerhin kommen die Matratzen nicht aus der Fabrik, wo sie in Massen hergestellt werden, sondern sind Einzelanfertigungen mit kostbaren Füllungen, um einen erholsamen Schlaf zu ermöglichen. Nie wusste ich die Kaltschaummatratzen aus meinem alten Leben mehr zu schätzen als in dieser Welt.

Insgesamt ist die Suite deutlich weniger protzig als in Druyensee, was Gold und Edelsteine angeht, aber ich bin mehr als zufrieden. Vor allem der Vorteil des fließenden Wassers ist nicht zu unterschätzen. Das ist schon ein irdischer Luxus. Ich setze mich probehalber aufs Bett und sinke tief ein. Ein wenig härter wäre mir die Unterlage lieber, doch besser als die klumpige Rosshaarmatratze in Druyensee ist sie allemal. Eine Dienerin kommt herein und ich sehe durch die offene Tür, wie sie ein Tablett mit Häppchen, Süßspeisen und mehreren Flaschen samt Gläsern auf einen Beistelltisch im Hauptraum stellt.

»Benötigt Ihr noch etwas, Malikan Raduan?«

Bevor ich allerdings antworten kann, baut sich Heli vor ihr auf. »Der junge Herr hat alles, was er braucht.«

Die Dienerin verneigt sich, sodass ich einen tiefen Blick in ihren Ausschnitt bekomme, verharrt für eine Sekunde in der Pose und richtet sich dann auf. Doch als ich Heli nicht widerspreche, geht sie und alle anderen Diener folgen ihr gleich darauf. Betreibt eigentlich jeder Herrscher auf diese Weise Spionage?

Bevor ich Heli fragen kann, wird die Tür erneut geöffnet. Meine Mutter spaziert mit Minu herein und sieht sich um. Ihre Blicke huschen zu den Wänden und für einen Sekundenbruchteil ballt sie die Fäuste, bevor sie sich wieder fängt und zu mir kommt. »Hast du alles, mein Schatz? Bist du glücklich?« Dabei nickt sie ganz leicht.

Aber wozu soll ich mich verstellen, ich bin ja sehr zufrieden mit meiner Unterbringung. »Alles ist bestens, Mutter. Es gibt fließend warmes Wasser, ich habe eine kleine Leseecke, sodass Elyar Qasim mich weiter unterrichten kann und das Essen sieht köstlich aus.«

Dabei nehme ich ein Tablett und reiche es ihr. Lilith hebt eine Augenbraue und Heli nimmt mir rasch das Tablett aus der Hand und präsentiert es meiner Mutter. Dabei senkt sie den Blick, wie es sich für eine einfache Dienerin gehört.

»Vielen Dank, mein Schatz«, sagt sie, als wenn ich es ihr gereicht hätte. Sie beißt von einem kleinen Kuchen ab und verzieht den Mund. Minu reicht ihr schnell ein Taschentuch und Lilith spuckt das Stück unauffällig wieder aus.

Erschrocken sieht Heli auf das Essen, als wenn es vergiftet wäre, doch Minu schiebt das Tablett zu mir und deutet mit dem Kinn darauf. Ich nehme auch einen Bissen von dem Gebäck – es ist lecker.

»Es ist köstlich«, sage ich auch laut und schiebe mir das Küchlein ganz in den Mund.

Minu nickt mir zu, als wenn ich gut gespielt hätte, aber es schmeckt mir tatsächlich gut. Es erinnert an Baklava, was sage ich, es ist Baklava. Es trieft nur so vor Honig und ich lecke mir die Finger ab. Jetzt ist Minu gar nicht mehr begeistert und will mir mit einem Tuch die Finger säubern, doch Heli ist schneller. Diesmal bedenkt meine Mutter sie mit einem wohlwollenden Blick, während ich ein leichtes Kopfschütteln ernte.

»Komm Schatz, du warst noch gar nicht auf dem Turm, er bietet einen herrlichen weiten Blick über die Stadt. Ich werde es dir zeigen.«

Nanu, seit wann spielt meine Mutter die Fremdenführerin? Ziemt sich das überhaupt für eine Malika? Aber wenn sie schon vorher teils sehr fürsorglich war, so scheint sie nun zur Übermutter zu mutieren, die mir jeden Wunsch erfüllen möchte.

Kapitel 8

Ein herrlicher Blick? Der Ausdruck kommt der Realität nicht einmal nahe. Es ist fantastisch, überwältigend, welche Superlative kann ich noch verwenden, um es zu beschreiben? Ich sehe die kreisförmige Anlage des Palastbezirks, das einen Durchmesser von rund eineinhalb oder gar zwei Kilometern hat. Bei meinem Rundgang auf der Turmterrasse entdecke ich aus einhundertfünfzig Metern Höhe Soldaten, die mit ihren Pferden im Norden den Angriff üben. Hunderte Schwertkämpfer schlagen im Osten aufeinander ein und im Westen stehen die Bogenschützen, deren Pfeilhagel die Ziele perforiert.

Es gibt Kasernen, Ställe und einige andere Gebäude, deren Zweck ich nicht erkennen kann. Daneben sehe ich große, anscheinend künstlich bewässerte Weiden, auf denen Viehherden grasen, und viel nackte, von der Sonne ausgedörrte Erde, die so manche Staubwolke freigibt. Außerhalb des Palastbezirks selbst und hinter der Mauer mit den Trebuchets erstreckt sich die eigentliche Hauptstadt Bexda noch kilometerweit in die Ferne und an deren äußerem Rand erhebt sich ein wahres Monstrum von einer Wehrmauer. Fünfzig Schritte hoch, wie meine Mutter mir erklärt, zehn Schritte dick. Es gibt neun Tore in alle Himmelsrichtungen und jedes ist groß genug, um zehn Pferdekutschen nebeneinander Einlass zu gewähren.

»Sie bestehen aus dickem Stahl und selbst in den Riesenkriegen von vor dreihundert Jahren, als Giganten angriffen, die sieben- bis fünfzehnmal größer waren als ein Mensch, hielten die Tore, die Kyros I. erbauen ließ«, fährt meine Mutter fort. »Vom Nordwesten fließt der Tango als mächtiger Strom nach Bexda hinein, kannst du es erkennen? Und dort, wo das Zentrum ist, teilt er sich in drei Arme auf. Einer davon fließt im Osten wieder aus der Stadt heraus, einer im Südosten und der letzte Arm im Süden. So wird diese prächtige Stadt mit Wasser versorgt.«

Mit aufgerissenen Augen folge ich ihren Ausführungen und wünsche mir nichts mehr als ein Fernrohr, um alles besser sehen zu können.

»Und da hinten kannst du noch das Amphitheater sehen. Wenn Malik Ariaram dort die jährlichen Festspiele eröffnet, kämpfen Tausende Krieger um die Ehre, seiner Elitegarde beitreten zu dürfen.« Meine Mutter hält mich von hinten in ihren Armen und erklärt mir alles mit begeisterter Stimme, zumindest solange, bis der Wachmann des Palastes außer Hörweite ist. Dann endet die unbeschwerte Unterweisung abrupt. »Hör mir jetzt genau zu, Schatz, wir haben nicht viel Zeit. Dein Zimmer wird garantiert ebenso abgehört wie unsere, also kein böses Wort über die Stadt und insbesondere keins über Malik Ariaram. Wir dürfen vor der Hochzeit keinen Ärger riskieren, Eiban braucht diese Verbindung! Irgendwer spielt aber ein böses Spiel mit uns. Dass sie uns die schlechtesten Zimmer gegeben haben, obwohl wir die Familie der Braut sind, ist schon ein Affront, dazu das schlechte Gebäck mit gepanschtem Honig und falschem Rosenwasser. Danke, dass du so getan hast, als wenn es dir schmecken würde.«

»Aber warum sollte der Herrscher das tun? Er könnte die Hochzeit doch einfach absagen.«

»Du hörst nicht zu. Es ist nicht Ariaram selbst, der diese Intrige spinnt. Ich vermute, dass es eine andere Familie aus Pers oder einem anderen Reich auf den Sohn des Maliks abgesehen hat und ihre eigene Tochter mit Arasch verheiraten will.«

Ich zucke zusammen. Dieses Ränkespiel geht eindeutig über meine Fähigkeiten auf dem Gebiet der Hofpolitik hinaus und anscheinend sieht es meine Mutter genauso.

»Keine Angst, ich werde mich um alles kümmern, aber dafür wirst du weiterhin deine Rolle spielen müssen. Im Unterricht bei Elyar Qasim mimst du den Einfältigen, verstanden? Stelle jede dumme Frage, die dir einfällt. Ich will nicht, dass irgendwer dich ernst nimmt und unvermittelt in dieses Intrigenspiel hineinzieht. Außerdem nutze Heli wieder als Gespielin, sie ist dein Schild gegen Versuche, dir eine

Spionin ins Bett zu legen. Sie selbst wird dich, so gut sie kann, mit ihren Fähigkeiten schützen.«

Bevor ich antworten kann, gibt meine Mutter einen Ruf des Entzückens von sich und deutet auf einen fernen Adler, der auf unserer Höhe vorbeisegelt. Der Wachmann, der vielleicht wissen wollte, was Lilith gerade flüsterte, geht an uns vorbei. Ich spiele mit, freue mich geradezu kindlich beim Anblick des Greifvogels, der immer näher kommt. Zuerst bin ich über den Buckel auf seinem Rücken erstaunt, bis ich bemerke, dass da ein Mensch auf dem Greifvogel reitet. Mit fällt die sprichwörtliche Kinnlade herunter und die Wachen lachen bei meinem Anblick. Aber im Ernst, ein Mensch, der auf einem Adler reitet? Das gibt es doch nur in Büchern.

Meine Mutter gibt mir einen stolzen Klaps auf die Schulter, doch ich spiele nicht den erfreuten Tölpel, in diesem Moment bin ich einer.

• • •

Elyar Qasim hat für eine Lektion zu später Stunde seine Bücher mitgebracht. Voller Vorfreude breitet er seine Unterlagen vor mir aus und will mit dem Unterricht fortfahren.

»Muss ich heute wirklich noch lernen? Ich bin doch gerade erst in diesem Palast angekommen. Ich bin müde und habe keine Lust, und vor allem, wozu muss ich überhaupt lesen und schreiben können?« Elyar Qasim, der mich verblüfft wegen meines Quengelns anstarrt, schiebe ich einen Zettel zu, auf dem lediglich »spiel mit« steht. Entweder ist mein Privatlehrer so klug, wie er tut, und der Hinweis reicht ihm, oder ich habe mich die ganze Zeit in ihm getäuscht.

Zwei Sekunden rattern die Zahnräder in seinem Kopf, dann nickt er unmerklich. Fährt sich mit den Fingern durchs Haar und wirft einen flehentlichen Blick an die Zimmerdecke. »Malikan Raduan, Ihr müsst die grundlegendsten Staatsgeschäfte verstehen, wenn Ihr nicht lediglich verheiratet werden wollt, damit eine günstige Verbindung zu einer Herrscherfamilie geknüpft wird. Ihr könnt weder reiten noch ein Schwert führen, ihr seid nicht imstande …«

He, Moment mal! Schauspielerische Leistung schön und gut, aber er muss jetzt auch nicht alle meine Defizite vortragen und dem Spion in der Wand einen umfassenden Bericht über meine Mängel geben. Doch Elyar Qasim ist nicht zu bremsen. Ich vermute, er redet sich gerade sämtlichen Frust, den er die letzten Jahre meinetwegen in sich hineingefressen hat, von der Seele.

Am Ende, er hat ganz schön Dampf abgelassen, packt er geschwind seine Unterlagen zusammen und verlässt mich nach seiner Katharsis mit einem befreiten Lächeln. Nun gut, Untergebene soll man gut behandeln und er scheint das wirklich gebraucht zu haben.

Heli, der ich befohlen habe, irgendwelche Pflanzen zu besorgen, um die Zimmer damit zu verschönern, ist noch immer unterwegs. So sitze ich allein in der Leseecke, habe einen Haufen Bücher in einer fremden Sprache und langweile mich. Ich ziehe darum meine kleinste Motte aus meinem Speicher, lehne mich in meinem Sessel zurück und lasse sie fliegen. Mit ihrer Hilfe prüfe ich zuerst die Wandbilder, ob es Gucklöcher gibt, doch ich finde nichts. Anschließend krabbelt sie hinter Möbelstücke, untersucht die Decke und prüft sogar jede Ritze im Boden. Nirgends zeigt sich eine Möglichkeit, sein Ohr oder Auge an ein Loch zu pressen, um irgendetwas mitzubekommen, was hier im Zimmer geschieht.

Täuscht sich meine Mutter oder gibt es einen anderen Grund, warum sie mir befohlen hat, den Einfältigen zu spielen? Nein, ich glaube weder das eine noch das andere. Also lasse ich die Motte landen und ziehe den gigantischen Schildkrötenkopf teilweise aus meinem Speicher. Es ist ein Risiko, falls ich beobachtet werde, aber mit ihren verbesserten Augen, der Fähigkeit ultraviolettes und Infrarotlicht zu sehen, schaue ich mich erneut im Zimmer um.

Da, ich bemerke eine winzige Wärmesignatur an der rechten Wand. Ich trenne die Verbindung zu den Sinnen von Turtle, schiebe sie zurück in den Speicher und nutze wieder meine Motte. Während ich am Fenster stehe und so tue, als ob ich hinausschaue, sehe ich tatsächlich mit der Motte nach, was ich da gefunden habe. Ein winziger Spalt, der selbst für die Motte fast zu klein ist, zeigt sich. Ich presse meine Puppe mit aller Macht hindurch und dank der Kraft des Magiefadens gelingt es, auch wenn sie dabei arg lädiert wird. In einem kleinen Raum, vielleicht eineinhalb Quadratmeter groß, sitzt ein Mann und schreibt in ein Buch. Ich positioniere den Kopf der Motte leicht hinter und über ihm und erkenne vier Bilder, die ein Kristall auf die Wand vor ihm projiziert. Eins aus dem Schlafzimmer, eins aus dem Bad, dann ein Blick in den Hauptraum und in das Ankleidezimmer. Da mir nichts Besseres einfällt, klatsche ich einmal in die Hände und der Ton wird in die Kammer des Mannes übertragen, wenn auch nur dumpf. Der Kristall kann also besser sehen als hören, gut zu wissen.

Ich sehe über den Kristall, wie sich die Tür zu meiner Suite öffnet und Heli mit drei Blumensträußen hereinkommt. Sofort beginnt der unbekannte Mann zu schreiben und ich sehe in sein Buch.

Malikans Wunsch nach Blumen wurde erfüllt. Verhältnis zwischen Malikan Raduan und Dienerin Heli ungewiss, vermutlich Bettgefährtin.

Ein Stück weiter oben auf der Seite lese ich:

Dienerin Heli verteidigt ihren Platz an der Seite von Malikan Raduan. Spionin wurde abgewiesen. Untersuche die Möglichkeit, Heli durch Elimination oder Abwerbung zu ersetzen.

Ach du meine … Sie wollen sie notfalls umbringen? Ich kappe die Verbindung zur Motte und wende mich Heli zu. »Was für schöne Blumen, fast so schön wie du«, säusele ich. Heli, die von den Worten überrascht ist, läuft feuerrot an. »Die Farben passen zu deinen wunderschönen blonden Haaren, dem Rot deiner Lippen, deinem Teint wie Milch und Rosen …« Schamlos betone ich ihr Aussehen aus dem Norden und dass es sie in dieser Umgebung zu einer ganz besonderen Blume mache. Egal wie viele Spione Malik Ariaram hat, in Pers sind die Menschen deutlich dunkler als in Vaså, wo Heli herkommt, und wenn er doch eine Spionin haben sollte, die dieselben Eigenschaften hat wie Heli, wird er sie nicht an mich verschwenden. Ich hoffe, ich habe damit Heli ein wenig aus der Schusslinie gebracht.

»Raduan …«, flüstert Heli heiser.

Sie hat jedes meiner Worte begierig aufgesogen und zieht mich zum Bett. So war das eigentlich nicht gemeint. Aber zumindest hat der Spion jetzt einiges zum Weitergeben.

• • •

Diener kommen und gehen wieder, doch keiner ist so dreist, die Schlafzimmertür zu öffnen, was ich auch niemandem raten würde. Heli liegt neben mir, hat sich tief in die Decke gekuschelt und schläft. Ich bin nicht unbedingt frisch und munter, aber ich habe einiges an Arbeit vor mir. Nach dem Aufstehen genehmige ich mir erst einmal eine Kleinigkeit zu essen. Ich gehe einfach davon aus, dass mir keine vergifteten Speisen vorgesetzt werden. Mit einer Wespe, die deutlich kräftigere Gliedmaßen besitzt als die Motte, kratze ich währenddessen den schmalen Spalt auf, hinter dem sich die Kammer des Spions befindet. Es dauert eine Stunde und ich nutze die Zeit, um mir den Bauch vollzuschlagen.

Als der Spalt endlich groß genug ist, dass eine Motte ohne Beschädigungen hindurchpasst, tausche ich die alte Puppe gegen eine unbeschädigte aus. Der Spion sitzt entspannt auf seinem Stuhl, auf dessen hinteren Holzbeinen er balanciert, sodass er seinen Kopf an die Wand lehnen kann. Er erwartet wohl heute Nacht keine interessanten Entwicklungen mehr. Neugierig lese ich seine letzten Einträge.

Malikan Raduan und Dienerin Heli scheinen eine Liebschaft der Stufe 2 zu unterhalten. Ein Austausch wäre möglich, aber nur unter erheblichem Einsatz von Mitteln und Alchemie. Sexpraktiken im Rahmen eines Anfängers, keine Techniken aus dem Buch des Eros oder weiterführender Literatur. Keine Kenntnisse über Poesie. Keine Anzeichen für Magieeinsatz zur Potenzsteigerung, Artefakte Liebe 3 bis Liebe 27 könnten als Bestechungsgeschenk in Erwägung gezogen werden, um Subjekt für Befragungen zu öffnen. Dienerin Heli zeigt Anzeichen einer persönlichen Zuneigung, Akquirierung als Informantin birgt Gefahr des Verrats.

Den Teil über Sexpraktiken nehme ich als persönliche Beleidigung. Es stimmt schon, ich habe nicht mein gesamtes Repertoire an Erfahrung eingesetzt, das ich in meinem früheren Leben erwerben durfte. Aber ich spiele hier einen Vierzehnjährigen, woher sollte der das wissen? Die Artefakte »Liebe 2« bis »Liebe 27« dagegen machen mich neugierig.

Ich sehe mich noch einmal in der Kammer um, aber außer Notizbuch, Tisch, Stuhl und dem schlafenden Spion ist sie leer. Ich erkenne eine einfache Holztür, die mit einem Riegel gesichert ist. Wenn ich mich recht erinnere, müsste auf dem Flur vor der Suite auf der Höhe der Tür ein Bild hängen. Welches weiß ich nicht, da aber neben jeder Tür zu einer Unterkunft große Bilder hängen, bin ich mir sicher, dass auch mein Bruder und meine Mutter ihren eigenen Spion haben.

Es ist natürlich ein Risiko, auf das Schlafbedürfnis eines Unbekannten zu setzen, aber ich will auch nicht wie ein Schaf eingepfercht sein. Es wird Zeit, ein wenig den Palast zu erkunden. Ich halte einen Magiefaden aktiv, mit dem ich bei Bedarf ein Auge auf den Spion habe, und schlüpfe in meine Spider. Weder bemerkt der dösende Mann mein Verschwinden noch registriert er das Auftauchen eines Waldschrecks.

Durch das Fenster geht es hinaus. Ich betrachte ein letztes Mal den Spion, wer weiß, vielleicht gibt es ja Alarmzauber, die mein Verschwinden melden, doch er schläft seelenruhig weiter. Ich krabbele zuerst parallel zum Flur an der Außenmauer des Palastes entlang und schaue nach, welche Suiten noch besetzt sind. Außer Lilith und Arian sind alle, in die ich hineinschaue, leer. Sie haben uns also tatsächlich mit Absicht voneinander getrennt.

Nachdem ich nun Gewissheit habe, klettere ich nach oben, bis ich auf dem Dach – einhundert Meter über dem Boden – angekommen bin. Zwar reizt mich der Turm, der noch einmal fünfzig Meter weiter in die Höhe reicht. Ich denke kurz darüber nach, ob es sich lohnt, ihn zu durchforsten, um vielleicht den ein oder anderen Schatz mitzunehmen, aber die Sicherheitsvorkehrungen sind bereits im Palast streng. Und wenn der Turm in Druyensee schon riesig war, dann ist dieser noch um einiges größer, nicht nur was die Höhe, sondern auch was den Durchmesser angeht. Wie es im Turminneren aussieht, kann ich nur erahnen, ich kenne nur den Teil bis zum Aufzug. Und ja, sie haben tatsächlich einen Aufzug. Er wird nicht magisch betrieben, sondern arbeitet mit Gegengewichten. Doch schon das Betreten dieses Turmlifts hat meine Mutter fast den letzten Nerv gekostet, da die Wachen sich lange weigerten, uns hineinzulassen.

Malik Ariaram, der Herrscher von Pers, scheint in den letzten Jahren eine gewisse Paranoia entwickelt zu haben, zumindest habe ich das so mancher Bemerkung der Wachen entnommen. Ich verschiebe das Erkunden des Turms also lieber auf später, wenn ich mehr zu den Sicherheitsmaßnahmen herausgefunden habe.

Ich laufe gerade über das Dach, auf der Suche nach einem guten Einstieg von oben in den Palast, als ich angegriffen werde. Doch es ist keine Wache, kein Hund oder sonst ein abgerichtetes Tier, es ist eine Fledermaus. Genauer gesagt eine

Vieräugige Panzerfledermaus, Level 17.

Vieräugige Panzerfledermaus, die
Diese Unterart der Panzerfledermäuse bewohnt mit Vorliebe die Türme und hohen Sakralbauten der Städte im Süden des Imperiums. Durch ihre wendigen Flugkünste, ihre verbesserte Sicht und die feine Echoortung gehört sie zu den besten Jägern ihrer Art. Die Reißzähne sind für sich allein genommen nicht giftig, doch leben zwischen ihren Zähnen Bakterienstämme, die ein hochtoxisches Gift absondern, wogegen die Panzerfledermaus selbst immun ist.

Spider hat absolut keine Chance gegen dieses Raubtier, das schon in der Luft wendet und zu einem neuen Angriff ansetzt, bevor ich wirklich kapiere, was hier vor sich geht. Ich wechsle rasch in Bug, um auf Augenhöhe kämpfen zu können. Einen Schritt vor mir beendet die Fledermaus verwirrt ihren Sturzangriff und dreht ab, da nun ein deutlich größerer Gegner aufgetaucht ist. Ich dagegen will ihr keine neue Chance geben und springe vor. Mit meinen Vorderbeinen bekommen ich sie am Rumpf zu fassen und ziehe sie zu Boden. Der Mob wehrt sich mit Flügelschlägen und Bissen, doch sein hochgiftiger Speichel rinnt an Bugs Chitinpanzer ab, ohne Schaden anzurichten. Mit den Vorderbeinen schlage ich auf sie ein, was ihr allerdings dank der Panzerung, die von außen nur wie verdickte Haut aussieht, wenig ausmacht. Sie scheint dadurch stich- und schlaggeschützt zu sein. Aber mal sehen, ob sie auch mit meiner nächsten Taktik klarkommt. Ich klemme ihren Kopf zwischen meine Klauen und drehe mich blitzschnell zur Seite. Das Genick knackt und dann kommt die Todesnachricht.

Die Erfahrung, die ich für den Kampf bekomme, ist dürftig wie immer, doch die Fledermaus wird eine hervorragende Puppe abgeben. Damit hätte ich endlich eine anständige Möglichkeit zum Fliegen. Die Wespen und Motten zählen nicht, sind sie doch eher kleine Aufklärer als ernstzunehmende Flugpuppen.

Wieder zurück in Spider, die einfach besser für Kletteraktionen geeignet ist, setze ich die Erkundung des Daches fort. Ich finde einen ordentlich angelegten Kräutergarten, von wo ein schmaler Pfad zu einer abgeschlossenen Tür führt. Ob hier der Hofalchemist seine wertvollsten Kräuter anbaut oder der Küchenmeister, weiß ich nicht. Doch es sind keine alltäglichen Pflanzen, die hier wachsen, mein Kräuterkundeskill kann keins der Gewächse identifizieren.

Interessant ist auch eine Zisterne, die groß genug scheint für ein olympisches Schwimmbecken. Damit könnte der Palast wochenlang mit Wasser versorgt werden, selbst wenn alle Brunnen und Flüsse verseucht wären. Was ich allerdings nicht finde, ist eine Dachluke, ein winziges Fenster oder meinetwegen auch eine Schießscharte, durch die ich in das Gebäude hineinklettern könnte.

Ich blicke erneut zum Turm der Nuv. Da erkenne ich definitiv Fenster. Ach, was soll's, es wird schon gut gehen. Der Turm gilt als unzerstörbar und praktisch nicht zu erklimmen. Ich hoffe einfach, dass die Leute sich damit zufriedengeben. Ich eile also zum Turm und klettere an der Außenmauer hinauf. Wie in Druyensee ist die Oberfläche spiegelglatt und ein menschlicher Kletterer wäre im Leben hier nicht hinaufgekommen. Wer auch immer die Nuv waren, sie wussten, wie man uneinnehmbare Bauten schafft. Zwanzig Meter höher, also rund hundertundzwanzig Meter über dem Boden, kommen die ersten Fenster. Ob der Palast mit Absicht nicht höher gebaut wurde, damit es keine extra Sicherung für die Fenster braucht? Es mag aber auch nur Zufall sein.

Ich linse reihum durch die Glasscheiben in besetzte Schlafzimmer, luxuriöse Salons, wo einige Männer sich zuprosten, und leere gewaltige Bäder, deren ausladende Badewannen ausreichen, um jeweils ein Dutzend Leute zu fassen. Es sind aber keine Massenbäder für das Gesindel des Palastes, dafür scheinen der weiße Marmor, die goldenen Wasserhähne und duftenden Seifen zu kostbar, wenn auch Platz genug da wäre.

Ich lasse die schlafenden und feiernden Menschen in Ruhe, wirke nur immer wieder eine Analyse, damit ich weiß, wer da so alles schläft. Bei einem Ergebnis, deutlich weiter oben im Turm, werde ich allerdings neugierig. Es ist ein alter Mann. Als einer der wenigen schläft er zu dieser Stunde nicht, sondern sitzt an einem Tisch, der groß genug für ein Bankett wäre. Der Alte ist hager, hat langes graues Haar, wobei seine Geheimratsecken so weit fortgeschritten sind, dass er fast eine Glatze hat. Sein Vollbart gleicht dagegen den Mangel oben mehr als aus. Der Bart reicht bis auf die Tischplatte, wo ein Buch liegt, in dem er im Licht eines Kristalls liest.

Name:	Malik Ariaram
Klasse:	Level 61 Aristokrat
Fortschritt:	76 %
Gesundheit:	150 / 210
Manapunkte:	240 / 240
Energie:	150 / 150
Volk:	Mensch

Das also soll der Schwiegervater meiner Schwester werden. Bis auf sein Level ist alles andere eher durchschnittlich. Plötzlich richtet er sich auf und schaut sich um. Ich krabbele schleunigst vom Fenster weg. Welche Fähigkeiten er sich auch erworben hat, mit Level 61 dürfte er sehr fortgeschrittene Skills haben und ich sollte ihn definitiv nicht unterschätzen. Ich traue mich auch nicht, erneut in das Zimmer hineinzuschauen, aus Angst, dass sein Blick auf mich fällt. Also werfe ich eine Motte aus meinem Speicher und verlasse mich lieber auf ihre Augen. Tatsächlich, Malik Ariaram schaut nicht einfach nur aus dem Fenster, er steht direkt davor und spät angestrengt hinaus. Kaum sieht er meine Motte, reißt er das Fenster auf und schlägt mit der flachen Hand zu. Das war's mit meiner Puppe. Zum Glück habe ich keine Extras eingebaut und solange er sich nicht wundert, dass sie fast kein Innenleben hat, sollte alles gut gegangen sein.

Kein Wunder, dass der Herrscher so paranoid ist. Er muss eine extrem gesteigerte Aufmerksamkeit und Wahrnehmung haben. Vielleicht fühlt er beständig Blicke auf sich und deutet diese zunehmend negativ, als wenn ein Attentäter ihn beobachten würde.

»Trocken«, murmelt er und reibt sich die Reste meiner Puppe von den Händen. Mich kann er unter dem Fensterbrett nicht sehen und ich bin froh, dass ich in Spider nicht einmal atmen muss. Absolut regungslos warte ich, bis das Fenster wieder zugeschlagen wird. Dann krabbele ich in einem weiten Bogen weiter.

• • •

»Jetzt sag schon, was ist schiefgelaufen?« Ibris läuft in seinem Garten auf und ab und deutet immer wieder anklagend auf Ona.

»Nichts ist schiefgelaufen, der Plan war perfekt!«

Ibris stößt ein lautes und falsches Lachen aus.

»Er war perfekt!«, wiederholt Ona.

»Und warum lebt Tasso dann noch?«

»Warum wohl? Halver lässt seinen Liebling genauso wenig aus den Augen wie du Raduan. Er hat in letzter Sekunde eingegriffen und die Regeln zur Nichteinmischung so weit gebeugt, dass Syma es schon fast als Regelbruch wertet. Du kannst, wenn du willst, den Wettbewerb beenden, ohne dass es als Verlieren angesehen würde.«

Bevor Ibris antworten kann, materialisieren sich die anderen drei Götter in seinem Garten. Halver, der mit Udos den Gegenpart zu Ibris und Ona bildet, geht gleich zum Angriff über. »Du, du warst das!«

»Wovon redet er?« Ibris wendet sich an Aasaba, die Einzige, die sich weiterhin keiner der beiden Seiten anschließen mag.

»Davon, dass er dich und Ona für das Attentat auf Tasso verantwortlich macht und darum sein Eingreifen nicht gegen die Regeln war.« Nach diesen Worten erschafft sich Aasaba eine Liege, ein Engel bringt ihr eine heiße Schokolade und sie klinkt sich demonstrativ aus dem Streit aus, lässt sich von dem geflügelten Diener noch ein Buch reichen und beginnt zu schmökern.

»Beweise es!«

»Syma!«, schreit Halver schrill. Ein Licht pulsiert daraufhin über den Göttern und wartet auf die Eingabe. »Bestätige, dass Ibris für das Attentat auf Tasso verantwortlich ist!«

»Negativ.« Die monotone Stimme hallt wie Donner durch die Luft.

»Dann war es Ona!«

»Negativ.«

»Verflucht sollt ihr beiden sein! Ich weiß, dass ihr Syma ausgetrickst habt, wenn ich auch noch nicht herausgefunden habe, wie euch das gelungen ist.«

»Halver, entweder beweist du deine Worte, oder du gestehst deine Niederlage ein.« Ona setzt sich ins Gras und zupft gelangweilt einige Halme aus und kaut auf den bitteren Wurzeln.

Der Gott ballt die Fäuste, wie es ein Mensch in einer angespannten Situation tun würde. »Ihr wart das!« Halvers Finger sticht in ihre Richtung. »Ich stimme für eine Niederlage von Ibris und Ona!«

Keiner der Götter hebt die Hand, bei den vieren ist die Abstimmung klar, dafür starren nun alle Aasaba an.

»Dagegen«, murmelt sie.

»Ich verlange Gerechtigkeit!«

»Ich verlange Gerechtigkeit!«, äfft Ona Halver nach.

»Ich rufe die große Eine an!« Außer sich vor Zorn brüllt Halver in den Himmel und die große Eine reagiert. Die totenblassen Gesichter der anderen vier Götter starren Halver entsetzt an.

»Was hast du getan, Dummkopf?«, flüstert Ibris heiser.

Kapitel 9

Mein Magiefaden, den ich noch immer mit der zurückgelassenen Motte verbunden habe, erreicht seine maximale Ausdehnung. In wenigen Metern wird die Leitung unterbrochen sein. Solange ich noch auf meine Motte zugreifen kann, schaue ich rasch durch deren Augen in die Kammer des Spions. Der Kerl schläft noch immer. Bestens. Ich will aber auch nicht die Zeit ausreizen und bis zum Morgengrauen hier auf Wanderschaft sein, denn wer weiß, wann seine Ablöse kommt.

Ich lasse die Kamera mitlaufen, als ich eilends an der Außenwand von einem Fenster zum nächsten krieche, mache zwischendurch noch Fotos und habe in einer Stunde den Turm erkundet. Nicht so komplett, dass ich die Arbeitszimmer, Kammern und Vorräte alle zuordnen könnte, doch ich habe von allem eine Aufnahme und werde sie tagsüber in aller Ruhe auswerten. Soll der Spion doch denken, dass Raduan den lieben langen Tag geistlos in die Luft starrt.

• • •

Bevor ich in meiner Unterkunft aus Spider steige, wirke ich einen Magiefaden, taste damit in die Kammer hinein, bis ich meine Motte finde und sehe rasch nach, ob der Spion schläft. Alles soweit in Ordnung, doch ein Geräusch aus dem Schlafzimmer lässt mich zusammenschrecken.

»Raduan?« Die verschlafene Stimme von Heli dringt an mein Ohr.

Ich eile ins Bad, steige aus Spider und tue so, als wenn ich nur schnell auf der Toilette gewesen wäre. Ich betätige die Spülung – welch ein Luxus! – und wanke wie schlaftrunken zurück. Über die Motte bemerke ich, wie der Spion aufschreckt und seinen Blick auf mich richtet. Das hat also gereicht, damit er aufwacht.

»Und ich dachte schon, du wärst weggegangen.«

»Wo sollte ich denn hin?« Ich krieche zu Heli unter die Decke und sie kuschelt sich an mich. Ihr warmer Körper sucht nach mir und ich finde mich in einer engen Umarmung wieder. Diesmal lausche ich mit der Motte, um zu hören, was der Spion verstehen kann. »Alles in Ordnung mit dir?«, frage ich Heli, doch in der Kammer kommt nur ein undeutliches Gemurmel an. Der Spion kneift die Augen zusammen, als könnte er so mehr hören, doch es reicht nicht. Er lächelt selig, schließt wieder die Augen und lehnt sich bequem zurück.

»Ich hab dich nur vermisst.«

Ich freue mich über ihre Antwort, doch noch immer kann ich es mir nicht erklären, was sie in mir sieht. Ich bin hässlich, und auch wenn das Aussehen nicht alles ist,

ist mein Charisma unterirdisch und somit auch meine Ausstrahlung. Der Skill Band der Loyalität kann es auch nicht sein, er sorgt dafür, nicht verraten zu werden, damit Leute an einen glauben und nicht die Führung in Zweifel ziehen. Mit Liebe oder Leidenschaft hat er jedoch absolut nichts zu tun. Ich blicke noch einmal durch die Augen der Motte und sehe, wie der Spion langsam einschläft. Vielleicht kann ich doch ein wenig zeigen, was ich in meinem früheren Leben gelernt habe.

•••

Die lange durchwachte Nacht lässt mich bis in den Vormittag schlafen. Heli ist seit dem Morgengrauen auf den Beinen, holt Frühstück, wimmelt Elyar Qasim ab, der mir mit einem Stapel Bücher Wissen einhämmern will, und schafft es sogar, derart liebenswürdig meinen Bruder zu vertrösten, dass er nicht einmal sauer ist, nicht von mir empfangen zu werden.

Irgendwann werde ich jedoch wach, weil mir der Magen knurrt. Mein erster Blick geht durch die Motte in die Kammer und ich entdecke dort einen neuen Spion. Wie wechseln sie eigentlich? Klappen im Morgengrauen alle Gemälde im Flur auf und die Spione stürzen heraus, damit die Ablösung ihre Arbeit aufnehmen kann? Oder geht es eher reihum, damit es weniger auffällig ist? Ich meine, ein Pulk übermüdeter Männer, die durch den Flur wanken, ist nicht unbedingt alltäglich.

»Guten Morgen.« Heli steht in der Tür, ein Tablett mit Essen in Händen.

»Nicht eher Guten Mittag?« Ich schaue demonstrativ aus dem Fenster, wo die Sonne bald ihren Zenit erreichen wird.

»Einigen wir uns auf ein gutes Frühstück.« Sie setzt sich zu mir aufs Bett und balanciert dabei das Tablett auf dem Schoß, sodass ich wie zufällig immer wieder ihren Körper streife, wenn ich mir etwas nehme. »Mir hat es sehr gut gefallen, was du heute Morgen mit mir gemacht hast«, raunt sie da und läuft feuerrot an.

Ich muss sagen, dass die Zeit mit Heli mich verändert hat. Es ist nicht nur so, dass ich seit Wochen als Teenager lebe, und natürlich auch so handle und entsprechend behandelt werde. Dazu kommt ein jugendliches Gehirn mit einem Hormoncocktail, der mich impulsiver macht. Selbst meine alte Seele ist dem nicht immer gewachsen. Dieser junge Körper, den ich jetzt bewohne, hat eine unstillbare Libido.

Ich bin also gar nicht abgeneigt, Heli zu zeigen, was das bedeutet, da klopft es. Heli steht rasch auf, bindet ihr Mieder wieder zu, zieht ihr Kleid zurecht und geht zur Tür, die allerdings geöffnet wird, bevor sie sie erreicht.

Wer ist so unhöflich, mich nicht nur zu stören, sondern sogar uneingeladen in meine Räumlichkeiten zu platzen? Ich höre Heli hektisch etwas sagen, doch die unbekannte Person reißt nun auch die Tür zum Schlafzimmer auf. Es ist ein Bursche von achtzehn oder neunzehn Jahren, in weiter Kleidung, die jedoch nicht seine athletische Figur verbergen kann. Dabei hat er den breitbeinigen Gang eines Menschen, der oft und lange auf dem Pferd unterwegs ist.

»Malikan Raduan, welche Freude, Euch endlich kennenzulernen!« Seine Augen, die er misstrauisch zusammenkneift, der verkniffene Mund und die gerunzelte Stirn sprechen allerdings eine vollkommen andere Sprache. Statt in die Verlegenheit zu kommen, ihn nach seinem Namen zu fragen, aktiviere ich einfach meinen Analyseskill.

Name:	Aras Ksersa
Klasse:	Level 19 Aristokrat
Fortschritt:	12 %
Gesundheit:	240 / 240
Manapunkte:	110 / 110
Energie:	121 / 130
Volk:	Mensch

Viel Kraft, wenig Hirn. Zumindest lese ich das seinem Gesundheits- und Manawert ab. Aber der Familienname Ksersa sagt mir nichts. Ist er ein Adliger aus einem Nachbarreich, der schon einmal für die Hochzeit angereist ist?

»Aber bitte, nennt mich Raduan, unter uns soll es doch keine Förmlichkeiten geben, natürlich nur sofern Ihr einverstanden seid, Aras.« Ich hoffe, damit durchzukommen. Bin ich ranghöher, habe ich ihm Ehre erwiesen, ist es jedoch anders herum, wie sein Hereinplatzen andeutet, dann habe ich ihn beleidigt.

»Ihr kennt mich?«

»Wer hat nicht vom edlen Aras gehört? Ich habe lediglich vage Erzählungen von Euch mitbekommen, doch Ihr schient so passend daherzukommen, dass ich meinte, Ihr könnt nur Ihr sein.« Noch ein Wort mehr und ich habe einen Knoten in der Zunge.

»Kundig gesprochen, Raduan. Dann wisst Ihr sicher auch, weshalb ich hier bin. Sputet Euch, sonst wird Waffenmeister Khouri uns noch die Pferdeställe ausmisten lassen.«

»Waffenmeister?«, frage ich nach. Doch Aras hört mir nicht mehr zu, stattdessen fasst er jetzt Heli ins Auge.

»Andererseits nimmt man für so eine hübsche Blume ein Ausmisten vielleicht in Kauf.«

Von seinem abrupten Themenwechsel überrascht, springe ich aus dem Bett. »Sie ist mein«, sage ich mit so viel Autorität, wie ich aufbringen kann. Wenn nur meine hohe Stimme nicht wäre.

»Gemach, gemach … Leiht sie mir aus, nur für heute Nacht und …«

Ich komplimentiere ihn kurzerhand hinaus. Kaum ist die Tür hinter ihm zugefallen, flüstere ich Heli zu: »Halte dich fern von ihm. Sollte er dir jemals zu nahe treten, gib mir Bescheid.«

Sie nickt grimmig, antwortet jedoch nicht. Dafür öffnet sie das Ankleidezimmer, zieht mit geübter Hand einige Kleidungsstücke heraus und in Minuten bin ich angezogen.

»Pass auf dich auf und bleib hier, bis ich mit dem Mistkerl weg bin.« Ich drücke Heli einen Kuss auf die Lippen, bevor mir wieder einfällt, dass sie das bisher nie zugelassen hat. »Entschuldige, du willst ja nicht …« Bevor ich weitersprechen kann, zieht sie mich an sich und küsst mich auf den Mund.

»Nur weil deine Mutter es mir verboten hat, aber wir müssen es ihr ja nicht erzählen«, flüstert sie und kichert.

• • •

Mir zittern die Beine, als wir endlich ankommen. Die Treppen hinunter, eine halbe wieder hoch, durch die riesige Vorhalle des Palastes und dann die Rampe vom Felsen herunter, das alles war zu bewältigen, nur um jetzt auf der Wiese zu stehen, wo mehr nackte Erde zu sehen ist als Gras. Dazu vier Dutzend Männer, einige Jünglinge, aber auch gestandene Kerle, die mit nacktem

Oberkörper in Reih und Glied stehen. Aras und ich sind die Letzten, die herbeigelaufen kommen.

»Aras, wie immer zu spät. Und was für ein Fohlen hast du mir da mitgebracht?«, donnert die Stimme des Waffenmeisters über die Versammelten hinweg.

Name:	Waffenmeister Khouri
Klasse:	Level 57 Berserker
Fortschritt:	81 %
Gesundheit:	370 / 380
Manapunkte:	210 / 210
Energie:	330 / 340
Volk:	Zwerg-Mensch

Waffenmeister Khouri ist ein Monster. Anders kann ich mir seine Werte nicht erklären. Seine Stärke steht auf 17, seine Ausdauer auf 16. Aber trotz seiner hohen Körperwerte ist seine Intelligenz mit 12 noch immer überdurchschnittlich. Da Zwerg-Mensch bei seiner Volkszugehörigkeit steht und nicht Mensch-Zwerg, ist der Zwergenanteil unter seinen Vorfahren eindeutig dominant. Nicht dass ich es an seiner kurzen Statur von rund einem Meter dreißig nicht erahnt hätte. Doch wo ich eine Bohnenstange bin, strotzt der Waffenmeister vor Muskeln. Außerdem ist seine Klasse als Berserker mit äußerster Vorsicht zu genießen. Wenn er eine seiner klassenspezifischen Fähigkeiten aktiviert, steigert er zwar seine Kampfkraft erheblich, doch verliert er wahrscheinlich auch das Vermögen, zu beurteilen, wer Freund und wer Feind ist.

»Das ist Malikan Raduan, er ist eingetroffen, um der Hochzeit meines Cousins mit seiner Schwester beizuwohnen.«

»Malikan.« Immerhin lässt der Waffenmeister sich zu etwas Ähnlichem wie einer Begrüßung herab. »Ihr seid zu spät. Aras, du weißt, was das bedeutet: ab in die Pferdeställe. Ihr habt Zeit, bis das Aufwärmtraining vorbei ist, dann schicke ich jemanden, der die ausgemisteten Ställe begutachtet. Seid ihr nicht fertig, werden die Kühe sich freuen, dass ihr auch ihren Mist forträumt.«

Aras salutiert mit der Faust auf der Brust und ich mache es ihm zwei Sekunden später nach, dann eilen wir los. Ich folge Aras und wir umrunden den Palast, bis die Pferdeställe zu sehen und gleich darauf auch zu riechen sind.

»Warum lasst Ihr Euch das gefallen? Der Waffenmeister steht unter Euch, ich für meinen Teil …«

»Ihr werdet genau das tun, was er befohlen hat, Malikan. Ich empfehle es Euch dringend. Malik Ariaram höchstselbst hat dem Waffenmeister diese Befugnisse über uns gegeben, und Ihr seid hier Gast. Darum sieht Malik Ariaram vielleicht sogar darüber hinweg, dass Ihr Euch widersetzt, doch ich vermute eher, er wird sehr zornig sein.«

Mist, damit habe ich nicht gerechnet. Wir laufen also weiter auf die Stallungen zu, Gebäude, die Platz für mindestens hundert Pferde bieten.

»Müssen wir alle ausmisten?«

»Nein, sie lassen uns nur den Stall für die Pferde der einfachen Reiter reinigen.«

Dennoch, es ist der größte Stall, und wenn auch nur die Reiter des Palastes hier ihre Pferde haben und die Kavallerie woanders untergebracht ist, wird das eine gewaltige Arbeit. Ein Bildnis von einem erhabenen Reiter hängt an der Wand, der mit seinen stechenden Augen die Tiere und uns zu beobachten scheint. Ist es der Malik in jüngeren Jahren? Die Kuhställe werden uns wohl nicht erspart bleiben.

»Du da, komm her!« Aras läuft auf einen Stallknecht zu und drückt ihm ein Silberstück in die Hand. »Hol deine Kameraden und dann macht die Ställe hier sauber, und das sofort!« Dabei hält er noch eine zweite Silbermünze hoch. Wie eine Gerölllawine fallen daraufhin Stallburschen vom Heuboden, wo sie es sich gemütlich gemacht hatten. Vier laufen los und holen Schubkarren, der Rest schnappt sich die Mistgabeln.

Ich bin von der Wendung so überrascht, dass ich einfach nur aus dem Weg gehe und Aras anstarre. »Und dagegen hat Waffenmeister Khouri nichts einzuwenden?«

»Was meint Ihr?«

»Er hat uns zum Ausmisten hergeschickt und Ihr lasst die Stallburschen für Euch arbeiten?«

»Aber wovon redet Ihr? Die Arbeit wird getan und wenn der Waffenmeister mich fragt, ob die Arbeit erledigt wurde, werde ich offen und ehrlich antworten: ja.«

»Und wenn er fragt, ob Ihr es erledigt habt?«

»Warum sollte er mich das fragen? Außerdem bin ich Aras Ksersa, der Neffe des Maliks. Wenn meine Autorität so stark ist, dass sich die Stallburschen mir sofort unterwerfen, zeugt es doch nur von der Herrlichkeit meiner Familie. Stimmt's Männer?«

»Stimmt!« Ein einstimmiger Chor antwortet ihm.

Mit den Helfern ist die Arbeit in Windeseile erledigt, wobei mir die Begrüßung des Waffenmeisters nicht aus dem Kopf geht. Er hatte Aras beschuldigt, wie immer zu spät zu kommen. Also wird er das hier nicht das erste Mal abziehen und die Stallburschen sehen auch so aus, als wenn sie genau wüssten, weswegen sie hier wie die Windmühlen die Mistgabeln schwingen.

»Aras, bezahlt Ihr schon wieder die Stallburschen? Was soll ich bloß dem Waffenmeister berichten?«

Wir drehen uns um und da steht ein Soldat, der vorhin beim Waffenmeister stand, also so etwas wie ein Waffenknecht, die rechte Hand des Waffenmeisters.

»Das, was du immer berichtest: Die Arbeit ist erledigt. Du bist doch nur schon so früh da, weil du mal wieder deinen ganzen Sold verspielt hast.« Mit diesen Worten zaubert Aras weitere Silberstücke hervor. Eins wirft er den Stallburschen zu, das erfreut aufgefangen wird, eins gibt er dem Soldaten.

»Oh, wie ich sehe, ist schon die gesamte Arbeit getan. Wahrlich, Aras Ksersa, Ihr seid ein Mistschaufler, wie es keinen zweiten gibt.«

Das war zumindest zweideutig und ich würde es eher als abwertend interpretieren. Aras dagegen überhört die Spitze, aber er hat auch nicht den höchsten Intelligenzwert. Lediglich acht Punkte, wenn ich mich recht erinnere.

Zum eigentlichen Trainingsbeginn kommen wir gerade rechtzeitig, damit wir an den Übungskämpfen teilnehmen können. Aber jetzt mal im Ernst: Ich habe zwar den Skill Luftdegen und Fechtkampf, bin also nicht mehr vollkommen unbeleckt, doch was soll ich hier? Selbst ein gewöhnlicher, sprich echter Degen würde meine Kraft mit fast einem Kilogramm stark beanspruchen, und die hier tragen alle massive Holzschwerter, bei denen unten noch der Sand rausrieselt, wenn der Stopfen nicht richtig eingesetzt ist. Die dürften gut und gerne das Dreifache wiegen, um gleichzeitig die Kraft zu trainieren.

Aras legt sofort Wams und Hemd ab, doch ich habe wenig Lust dazu. »Nun macht schon, das ist hier so üblich!«, zischt er mir durch zusammengebissene Zähne zu.

Ich sehe auf verschwitzte Körper, gestählte Muskeln, Sehnen, die beim Beugen und Strecken der Gliedmaßen hervortreten. Alle Männer hier vor mir haben ein hartes Training hinter sich und strotzen nur so vor Kraft. Und es ist nicht einmal so, dass ich der einzige Junge unter den Anwesenden bin. Dahinten stehen noch zwei, die wie zwölf aussehen, doch ist selbst ihre Statur doppelt so breit wie meine. Der Waffenmeister räuspert sich und als ich ihm in die Augen schaue, blickt er demonstrativ auf den Haufen Hemden und die anderen Oberteile auf dem Boden.

Unter den Blicken aller präsentiere ich meinen mageren Oberkörper, der zu einem dünnen Achtjährigen passen würde. Erstaunlicherweise sind es dann nicht die Jungen in der Truppe, die abfällige Bemerkungen machen, sondern die Ältesten. Mit stoischer Ruhe lasse ich das aufbrandende Gelächter über mich hinwegschwappen. Dass mir dabei eine leichte Röte ins Gesicht steigt, kann ich aber dennoch nicht verhindern. Auch in meinem fortgeschrittenen Alter bringt mich diese Situation aus der Ruhe. Mit Mobbing habe ich in der Kindheit leider leidvolle Erfahrungen sammeln dürfen und die bösartigen Kommentare von damals sitzen noch immer wie mit Widerhaken versetzte Spitzen in meinem Gedächtnis. Du kannst alt werden wie eine Schildkröte, manche Dinge vergisst du nie. Apropos Schildkröte, ich sollte Turtle auspacken und sie alle …

»Lasst sie, Raduan, das sind nur harmlose Scherze.« Aras klopft mir auf die Schulter und hat noch immer ein Lächeln auf den Lippen. Mich wundert es nicht, dass er nicht weiß, wie sich das anfühlt.

»Schwerter in die rechte Hand, Schilde in die linke. Ihr rennt vor, schlagt dreimal auf euren Partner ein und rennt dann so schnell ihr könnt wieder zurück. Danach wechselt ihr euren Kampfpartner!« Der Waffenmeister brüllt seine Anweisungen. Ich verstehe nichts, doch alle anderen gehen bereits auf ihre Positionen.

»Kommt.« Aras läuft mit mir zuerst zu einem Fass, in dem lauter Holzschwerter stecken und neben dem eine Menge Übungsschilde liegen. Beides ist schwer, schwerer als schwer. Während die ausgehöhlten Holzschwerter mit Sand gefüllt sind, hängen an den Schilden auf der Innenseite unter dem Griff kleine Sandsäckchen. Mein Begleiter hält sie dennoch wie Spielzeuge, was sie für ihn wohl auch sind, aber für mich sind die Waffen bleischwer. Anschließend traben wir zur einen Seite des abgesteckten Feldes. Die ganze Truppe teilt sich in zwei Hälften auf, die sich jeweils an einem Ende des Übungsfeldes aufstellen. Von vielen Füßen ausgetrampelte Pfade verbinden immer zwei Kämpfer, sodass ich nicht raten muss, wer mein Gegner ist.

Mir gegenüber entdecke ich einen der schmächtigeren Jungen, doch kaum freue ich mich, zerrt ein bulliger Typ den Jüngling von meiner Spur. Er will selbst mit mir die Übungswaffen kreuzen. Er war auch derjenige, der zuvor am lautesten gelacht hat. Es wäre eine perfekte Gelegenheit, mich zu rächen, wenn ich nur die Chance dazu bekommen würde. Er müsste aber ein riesiger Hornochse sein und über seine eigenen Füße stolpern, damit ich auch nur davon träumen könnte. So wie er die Schulter kreisen lässt und auf der Stelle tänzelt, sieht er nicht wie ein Hornochse aus, sondern wie ein geübter Kämpfer.

»Los!«, brüllt Waffenmeister Khouri unvermittelt.

Alle setzen sich wie ein Mann in Bewegung, Schlachtgebrüll ertönt und Waffen werden erhoben. Alle bis auf mich. Ich renne zwei Sekunden später los und mit einem Wimmern auf den Lippen. Zumindest klingt es in meinen eigenen Ohren so. Die besten Krieger treffen genau in der Mitte des Feldes aufeinander, Schild gegen Schild, dass es nur so kracht. Sie schlagen blitzschnell dreimal aufeinander ein, parieren, blocken und stoßen sich mit ihren Schilden zurück. Sind die Paarungen ungleich stark, rennt der schnellere, stärkere Krieger tiefer in den Raum seines Gegners, bevor sie aufeinandertreffen und ihren Schlagabtausch vollziehen.

Mein Gegner hat als Einziger mehr als dreiviertel des Weges zurücklegen müssen, damit er das Vergnügen bekommt, auf mich einzuschlagen. In letzter Sekunde hebe ich meinen Schild, der mir wie eine zentnerschwere Gehwegplatte vorkommt, und schon ist alles vorbei.

Mit seiner Kraft schleudert er mich vier Schritte zurück, ich schlage auf dem Boden auf, rolle drei Meter weiter und verliere Schild und Schwert. Wie ein Seestern bleibe ich liegen, Arme und Beine weit von mir gestreckt. In meinem Kopf dreht sich noch alles und auch das Popup ist wenig aufbauend:

Schildtreffer: -30 HP.

Über die Hälfte meines Gesundheitsbalkens! Der ist nicht einmal mehr Gelb, sondern spielt bereits ins Orangefarbene. Unter dem wütenden Gebrüll des Waffenmeisters rappele ich mich auf, muss mich auf den Knien abstützen und spucke aus. Entsetzt blicke ich auf den roten Fleck auf dem Boden. Noch so ein Treffer und ich bin tot.

Meine Regeneration setzt ein, jetzt wo ich nicht mehr aktiv im Kampf bin, doch sie hat keine Chance, meine Gesundheit vollständig herzustellen, bevor die nächste Runde beginnt. Die Letzten stehen bereits auf ihrer Position.

»Heilung«, murmele ich rasch und pumpe genug Manapunkte in den Skill, damit dieser sie in Hitpoints für mich umwandelt.

»Nun macht schon«, schimpft Aras hinter mir und drängelt mich zur Seite. Ich denke schon, er will mich vom Übungsfeld drücken, doch alle wechseln lediglich den Platz, damit sich neue Paarungen ergeben. Niemand kümmert es, dass ich Blut spucke. Ich habe gerade noch Zeit, meinen Schild zu heben, da brüllt der Waffenmeister erneut sein Kommando.

Diesmal schaffe ich fast die Hälfte der Strecke über den Kampfplatz, da kracht mein Gegner mit seinem Schild gegen mich. Mein Schild wird mir aus der Hand gerissen und mit dem Holzschwert schlägt er mir gegen den Hals.

• • •

Ein Krachen von Holz auf Holz weckt mich unsanft. Ich liege am Rand des Kampffeldes auf dem Rücken und blinzele in die Sonne. Was ist passiert?

Trainingsschlag: kritischer Treffer, -40 HP.

Debuff: Ohnmacht, Dauer: 3 Minuten.

Ah, ja, *das* ist passiert. Drei Minuten war ich also ausgeknockt. Ich schaue zur Seite, dorthin, wo die anderen erneut Aufstellung nehmen und sich auf einen Sturmangriff vorbereiten. Was soll überhaupt diese Übung? Wem bringt sie etwas?

»Wieder wach?«, fragt der Waffenmeister sanft. Ich nicke matt. »Dann bring deinen jämmerlichen Arsch wieder aufs Feld. Im Krieg wird niemand auf dich warten, da wärst du schon tot, tot und nochmals tot!« Sein Brüllen muss bis in den Palast schallen.

Ich springe auf, schnappe mir Schwert und Schild und renne auf den einzigen Platz zu, an dessen anderem Ende des Pfades ein Mann ohne Gegner steht. Der Waffenmeister schindet alle gleichermaßen, doch die anderen haben zumindest Erfahrung damit und noch wichtiger, die nötige Kraft, um die Übung durchzuführen. Aras zwinkert mir zu, als wenn das alles ein großer Spaß wäre. Ich prüfe besorgt meine Gesundheitsleiste, doch die ist voll. Zumindest einen Vorteil hat es, wenn du nur fünfzig Gesundheitspunkte hast: Drei Minuten reichen locker, um sie wieder komplett zu füllen.

»Nettes Schläfchen gehalten?« Aras kann es sich nicht verkneifen, mich aufzuziehen. Ich mache mir nicht die Mühe, ihm zu sagen, wie knapp ich dem Tode entronnen bin.

Kapitel 10

Dreißigmal bin ich dem Tod von der Schippe gesprungen. Sieben weitere Male war ich ohnmächtig und musste am Feldrand in der Sonne liegen, um wieder zu Bewusstsein zu kommen. Wie ich das alles hasse!

Jetzt liege ich wieder einmal auf der Erde und fresse Dreck. Aras hat mich dermaßen durch die Luft geschleudert, dass ich meterweit geflogen bin und dabei habe ich noch gedacht, er zumindest würde mich ein bisschen schonen. Doch diesmal habe ich es wenigstens geschafft, nicht mehr die Hälfte meiner Gesundheit zu verlieren, obwohl es ein harter Aufprall war, sowohl auf meinem Schild als auch auf der Erde.

Errungenschaft: Du hast deine Geschicklichkeit durch übermenschliches Training um einen Punkt erhöht. Du hast dein Leben, deine Gesundheit und dein Glück in die Waagschale geworfen, wurdest gewogen und für gut befunden. Belohnung: +1 Pkt. Geschicklichkeit, die Möglichkeit, einen Skill nach deinen Wünschen zu modifizieren.

Das ist doch mal eine Belohnung, mit der ich etwas anfangen kann. So viele Möglichkeiten. Soll ich meinen Skill Magiefäden verbessern? Ich wette, ich kann die Anzahl an Fäden verdoppeln, ebenso die Reichweite. Oder Puppencamouflage? Vielleicht lässt es das System zu, dass ich gar nicht mehr aus der Puppe raus muss, besser gesagt, dass ich nach einer längeren Zeit darin nicht durch Hunger und Durst sterbe. Ich muss die Sache mit Bedacht angehen, um das bestmögliche Ergebnis zu erzielen.

»Diesmal noch wach?« Aras steht plötzlich über mir. Er tropft vor Schweiß und das ist ekelhaft, denn ich liege direkt unter ihm.

»Verschwinde!« Fluchend stehe ich auf. Die Lust, höflich zu sein, ist mir gründlich vergangen, ich bin einfach nur müde und schlurfe zu den Fässern, wo ich das Schwert hineinstecke und den Schild zur Seite auf den Haufen zu den anderen werfe.

»Ich wollte eigentlich nett sein und dir beim Aufräumen helfen, doch wenn du so grantig bist, mach es alleine.« Aras wirft sein Schwert aus der Ferne zielsicher zu den anderen und dreht sich um.

Was meint er damit? Panisch sehe ich mich um, doch alle Soldaten und auch die Waffenknechte sind bereits gegangen. Lediglich der Waffenmeister selbst ist noch da, deutet auf die Übungswaffen und dann auf einen Schuppen zweihundert Meter entfernt.

»Der schlechteste Kämpfer muss aufräumen, wenn es zwei gibt, die sich den letzten Platz teilen, entscheidet das Los.«

Ich muss mich nicht erst suchend umdrehen, um zu wissen, dass ich so weit hinter allen anderen zurückliege, dass es niemanden sonst gibt. Ich schüttele den

Staub von meinem Hemd und dem Wams ab und ziehe mich an. Trotz der Hitze ist kalter Schweiß nun mal nicht angenehm. Ich sehe mich nach einem Helfer um, den ich wie Aras im Stall bezahlen könnte, meine Arbeit zu erledigen. Doch ob Zufall oder nicht, hier bin nur ich. Ich starre auf die vier Fässer, zwei sind gefüllt mit Schwertern, ein anderes mit Wurfspeeren und im letzten befinden sich kurze Holzzylinder an einem Griff wie bei einer kurzstieligen Axt. Was soll das denn sein? Ich nehme einen der Zylinder heraus und schüttele ihn. Darin rieselt es wie Sand. Ich drehe und wende ihn, entdecke eine kleine Öffnung, die mit einem Korkenstück verschlossen ist, und pule ihn mit einem Werkzeug aus meinem Speicher heraus. Sand, es rieselt Sand heraus. Ich betrachte den Stiel und bemerke unten eine kleine Schnur, die durch den Griff und Schaft bis nach oben in den sandgefüllten Zylinder führt.

Ich sehe mich um, ob es jemanden gibt, den ich fragen könnte, doch Fehlanzeige. Wenn ich es nicht besser wüsste, würde ich sagen, das ähnelt einer alten deutschen Stielhandgranate aus dem Zweiten Weltkrieg.

Gibt es denn Schwarzpulver hier? Oder andere Sprengmittel? Mir ist das technologische Wissen auf Jorden noch immer ein Rätsel. Einerseits scheinen sie hier im tiefsten Mittelalter zu stecken, andererseits ist die Glasmacherei selbst in einer Provinzstadt wie Druyensee keine Herausforderung für die Handwerker. Dazu kommen die Reiseportale und Türme der Nuv …

Ich lege einen der Holzzylinder in meinen Speicher. Damit werde ich mich später befassen, zuerst muss ich den Kram hier aufräumen. Für die Fässer finde ich eine schnelle Lösung: Sie sind rund, also rolle ich sie. Dank meiner fünf Magiefäden kann ich sie nicht nur bewegen, sondern auch dafür sorgen, dass die Schwerter, Wurfspeere und Granaten-Dinger drinbleiben. Die Schilde trage ich dafür alle einzeln. Eine halbe Stunde später bin ich endlich fertig und schleppe mich in meine Unterkunft.

Die beiden Wachen am Eingang zu meiner Suite salutieren nicht bei meiner Ankunft, doch öffnen sie mir sofort die Tür. Das Erste, was mir auffällt, ist, dass Heli nicht da ist. Nicht dass ich jetzt übermäßig an ihr klammern will, aber Aras' Interesse an ihr macht mir Sorgen. Ich will gerade wieder losstürmen, um sie zu suchen, da kommt sie hinter mir herein und strahlt bei meinem Anblick.

»Raduan, du bist ja ganz verschwitzt. Komm, ich lasse dir ein Bad ein.«

•••

Das Bad war herrlich, besonders, da Heli sich so gut um mich gekümmert hat. Endlich wieder in frischer Kleidung macht sich mein Magen bemerkbar und Heli eilt los, um mir Essen zu bringen. Was sie wenig später aufträgt, reicht allerdings für vier.

»Setz dich und iss mit.«

»Aber ich kann doch nicht …«

»Hast du schon gegessen?« Sie schüttelt den Kopf. »Dann los, wir sind unter uns und keiner bekommt mit, wenn du bei mir am Tisch sitzt.«

Ich esse ohnehin nicht gern alleine. Heli erzählt mir, was sie im Palast so alles erfahren hat. Bisher hat sie allerdings lediglich einige der am wenigsten gesicherten Gebäudeflügel besuchen dürfen.

»Aber ich darf weder in die Küche noch in die Nähe der Vorratskammern«, beschwert sie sich.

»Es wundert mich nicht, Malik Ariaram scheint eine gewisse …«, ich suche eine unverfängliche Beschreibung, »Abneigung vor Anschlägen zu haben und Gift war schon immer ein beliebtes Mittel, um Herrscher loszuwerden.«

»Abneigung?« Heli lacht. »Du meinst wohl A…« Ich küsse sie schnell auf den Mund und ersticke das Wort im Ansatz. Dass ein Spion uns zuhört, konnte ich ihr noch nicht sagen und wir sollten jedes Wort vermeiden, das uns negativ ausgelegt werden könnte.

Heli überrascht mich jedoch mit der Leidenschaft, mit der sie den Kuss erwidert. Halb über den Tisch gelehnt, legt sie mir eine Hand an den Hinterkopf und presst ihre Lippen auf meine. Nur mit Mühe kann ich mich von ihr lösen und ihr endlich rasch ins Ohr raunen, was sie wissen muss. »Ein Spion hört hier jedes Wort mit und mittels Magie wird alles, was in diesem Raum vor sich geht, beobachtet. Sag nichts gegen den Herrscher von Pers oder seine Familie, was uns schaden könnte.«

Die Erklärung kühlt Heli allerdings ab. Sie zuckt erschrocken zusammen, fängt sich jedoch in der nächsten Sekunde wieder und spielt mit. Mithilfe der Motte, die in der Kammer über dem Spion an der Decke sitzt, sehe ich, wie er geradezu hektisch Zeile für Zeile in sein Notizbuch kritzelt. Ich hoffe, dass damit Helis Ermordung beziehungsweise ihr Austausch, wie es hier gerne bezeichnet wird, endgültig vom Tisch ist.

»Wo sind eigentlich Olle und Silja und die ganzen anderen Diener?«, flüstere ich Heli ins Ohr. Wir sitzen noch immer Arm in Arm und ich nutze die Gelegenheit, zu reden, ohne dass wir belauscht werden können.

»Ich glaube, außerhalb der Palastanlage, ich weiß aber nicht, ob sie sich noch im Palastbezirk befinden oder hinter der Mauer in der Stadt.«

Dass sie nicht im Zentrum der Macht, also im Palast selbst sind, habe ich mir schon gedacht, aber laut Heli gibt es also auch noch Unterkünfte zwischen dem Palast und der hohen Außenmauer, die diesen hochgesicherten Bezirk vom Rest der Stadt trennt. Das wäre zumindest ein überschaubarer Suchbereich, den ich mit Spider durchkämmen könnte.

• • •

Am Nachmittag kommt Elyar Qasim und wir verbringen bis zum Abend die Stunden mit Lernen. Statt aber wie in der Kutsche den Musterschüler zu geben, bleibe ich stumm, wenn ich eine Antwort geben soll, frage wieder und wieder dasselbe, bis mein Lehrer fast verzweifelt. Und dennoch gelingt es uns, ohne zu sprechen, eine Kommunikation zu entwickeln, sodass ich ihm unbemerkt andeuten kann, wenn ich etwas wirklich nicht verstanden habe und wann er im Stoff voranschreiten soll. Die ganze Sache mit dem Spion geht mir auf jeden Fall höllisch auf die Nerven.

Mitten in der Lektion über die Entstehungsgeschichte des Imperiums und des gleichzeitigen Zerfalls von Persan in Dutzende Reiche platzt meine Mutter samt ihrer Vertrauten ins Zimmer.

»Du lernst noch immer? Ich bin so stolz auf dich, Raduan. Wie macht sich mein Sohn?« Das Letzte ist an Elyar Qasim gerichtet und es ist wunderbar zu sehen, wie mein Privatlehrer mit vielen Worten nichts sagt.

Ganz so, als wenn er einen einfältigen Schüler unterrichten müsste, der die simpelsten Dinge nicht versteht, er der Herrscherin jedoch nicht so direkt ins Gesicht sagen kann, dass bei ihrem Augenstern Hopfen und Malz verloren ist. Denn eins ist bei allen Lehrern gleich: Sie lieben ihren Kopf da, wo er sich befindet – auf dem Hals.

»Ehrenwerte Malika Kyros, Euer Sohn macht viele Fortschritte. Wir bewegen uns schon den ganzen Abend in der Geschichte Eures herrlichen Landes, von der Reichsgründung durch Euren Urahn Kyros I. bis zum Zwist innerhalb des Adelsgeschlecht, woraufhin das Reich zerfiel und das Kernimperium entstand, welches sich ein Teilstück nach dem anderen einverleibte.«

»Gut, gut, du kannst gehen.« Elyar Qasim packt in Windeseile seine Sachen zusammen und ist schneller verschwunden, als ich gucken kann. Heli würdigt sie keines Blickes, sondern hebt lediglich eine Augenbraue und meine Dienerin folgt dem Lehrer auf dem Fuße. »Heute Abend findet ein Essen mit Malik Ariaram, Herrscher von Pers, statt.« Sie betont es, als wüsste ich nicht, wer das ist. »Dein Bruder wird dabei sein, und natürlich Aras.« Wie interessant, dass sie ihren zukünftigen Schwiegersohn nicht erwähnt.

»Ich werde mich dann rasch zurechtmachen, Mutter.«

Doch davon will sie nichts hören. Nicht umsonst ist sie höchstpersönlich erschienen, um sich darum zu kümmern. Minu, die sich bisher unauffällig im Hintergrund gehalten hat, trägt einige Kleidungsstücke über dem Arm und präsentiert mir mein Gewand für den heutigen Abend. Eine dunkelblaue Stoffhose und eine dazu passende Jacke, ein weißes Hemd und sogar neue Schuhe. Ich bin überrascht, dass es insgesamt wie ein Anzug von der Erde aussieht und nicht wie die bisherigen Kleidungsstücke, die ich gesehen habe. Es fehlt nur noch die Krawatte.

»Was ist das?«

»Es nennt sich ›Suit‹ und entspricht der neuesten Mode aus Franrike. Die Tochter des Herrschers, Astrée Roux persönlich, hat diesen aufregenden Schnitt entworfen. Er ist überall beliebt und hat selbst das Kernimperium im Sturm erobert. Ich habe weder Kosten noch Mühen gescheut, damit du und Arian einen bekommen.«

Wenn Lilith das so sagt, will ich nicht wissen, welche Hebel sie in Bewegung gesetzt hat, um sie aufzutreiben. Minu will mir beim Ankleiden helfen, aber ich habe mehr als mein halbes Leben Anzüge getragen und komme wunderbar zurecht, zumal ein Anzug deutlich weniger Handgriffe nötig macht als die traditionelle Kleidung. Unterhemd, Hemd, Hose, Sakko. Wenn es nur diese blöden Lendenschurze nicht gäbe, sondern normale Boxershorts, würde ich mich wie am Morgen vor der Arbeit fühlen.

»Dieses Stück Stoff lag auch noch dabei, aber ich weiß beim besten Willen nicht, was ich damit anfangen soll. Ich vermute, es soll eine Art schmale Schärpe sein, vielleicht wird es diagonal über der Brust getragen, um das komische Wams zusammenzuhalten, es hat ja kaum zwei Knöpfe.« Zweifelnd hält Minu eine Krawatte hoch. Das ist definitiv kein Zufall, einer meiner Konkurrenten ist also Prinz, nein Prinzessin, in diesem Reich Franrike und hat mal eben den Anzug eingeführt. Ich bin also nicht der Einzige, der in einem älteren Körper wiedergeboren wurde. Doch wer ist es? Roger? Ist er als Frau wiedergeboren worden? Nein, das glaube ich nicht. Er hat so viel Ahnung von Mode wie eine Kuh vom Eierlegen. Tasso ist definitiv noch ein Säugling und fraglos der nächste Imperator. Es bleiben also nur noch Edward Harrington oder Patty Blyman. Beide haben schon Investitionen in der Modebranche getätigt und somit etwas Ahnung von der Materie. Ich tippe bei dieser Astrée Roux auf Patty. Mit ihr habe ich noch ein Hühnchen zu rupfen, denn sie war es, die mir bis auf fünf Punkte all meine Stärke weggenommen hat. Aber auch Edward, der meine Wahrnehmung gestohlen hat, wird mich noch kennenlernen.

»Vielleicht soll es ein Gürtel sein? Es könnte in die Schlaufen passen.«

»Aber nein, hier habe ich einen schmalen Gürtel.«

»Darf ich, Mutter?« Wieder aus meinen Racheplänen gezogen, schaue ich auf die beiden Frauen, die noch immer rätseln, wofür die Krawatte gut ist, und binde sie mir um.

»Was soll das, du wirst dich noch strangulieren, Raduan!«

»Mutter, die Anleitung liegt doch dort, es muss so sein.«

Lilith und Minu lassen von ihren Versuchen ab, mir die Hände auseinanderzuziehen und starren auf das Stück Papier. Darauf ist genau abgebildet, *wo* die Krawatte getragen werden soll, aber nicht *wie.* Als ich an die Uni kam, hatte ich vieles aufzuholen, was die ganzen Studis aus reichem und gutem Elternhaus schon konnten. Tischmanieren beispielsweise, und damit meine ich nicht, welches Besteck wofür verwendet wird, das kam erst später hinzu. Nein, profane Dinge, wie nicht den Ellenbogen auf den Tisch zu legen. Aber auch andere Fertigkeiten fehlten mir, zum Beispiel, wie ich in natürlicher Eleganz einen Anzug trage oder einen Krawattenknoten binde. Bei Letzterem taten sich alle anderen allerdings fast genauso schwer. Entweder banden ihnen die Mamis die Knoten, oder sie beherrschten nur die einfachste Variante. Ich dagegen übte jeden Tag vor dem Spiegel einen anderen Knoten, bis ich zwanzig Arten blind binden konnte. So wähle ich nun den »Nicky« aus, der mit seiner dreieckigen Form weniger Falten verursacht. Das ist wichtig bei empfindlichen Stoffen und so gut der Anzug auch aussieht, ich glaube nicht, dass das Material besonders robust ist.

»Perfekt, es ist einfach perfekt. Raduan! Wie hast du das gemacht?«

Ich zucke mit den Schultern und grinse schelmisch. »Der Segen des Kyros hat vielleicht meine Hand geführt.«

Kapitel 11

Arian hat diesmal keinen Sonderplatz an der Tafel des Herrschers. Er sitzt mit mir, seinem kleinen Bruder, bei Aras und anderen Adligen, die es nicht an den erlauchten Tisch geschafft haben. Unsere Anzüge erregen nicht so viel Aufmerksamkeit, wie es sich Lilith vielleicht gewünscht hat, denn die Hälfte der Herren hat für dieses große Abendessen ebenfalls einen Anzug gewählt. Entweder gab es heute irgendwo einen Ausverkauf, oder hier trennt sich die Spreu vom Weizen. Nur die Familien, die einen entsprechenden Kontakt, das Geld und den Einfluss haben, können sich einen Anzug aus dem fernen Franrike besorgt haben. Ich dachte eigentlich auch, dass ein Anzug im Großen und Ganzen selbsterklärend sei, doch hier am Tisch sehe ich, wie unterschiedlich er getragen werden kann. Das Hemd nicht in die Hose gesteckt, das Sakko vollständig geschlossen, das Hemd nicht bis oben hin zugeknöpft, leger ohne Krawatte, ohne Socken, einer hat sogar die Hosentaschen heraushängen. Mein Bruder hat zwar anscheinend ebenfalls eine gute Anleitung gehabt, doch seine Krawatte hat er sich mit einem Knoten umgebunden, mit dem man sonst etwas an einem Pfahl festbindet und dabei habe ich ihm sogar vor dem Losgehen angeboten, ihm einen anständigen Knoten zu binden. Aber vom kleinen Bruder wollte er keine Hilfe.

Nun gut, dann sitzt er eben da, als wenn er sich an seiner Krawatte erhängen will.

»Raduan, wie hast du deinen Knoten gebunden?« Aras, der neben mir sitzt, ist mit seinen Aufschneidereien von der heutigen Waffenübung fertig und hat meinen »Nicky« entdeckt. Dann wandert sein Blick an mir hoch und wieder herunter, sieht, wie ich mit offenem Sakko dasitze, bemerkt, dass es dadurch viel besser fällt und jede Falte perfekt liegt. »Wer auch immer dir deinen Suit angezogen hat, weiß, wie das geht. Meinst du, du kannst mir beim Zuknoten von dem Ding hier behilflich sein?«

»Das ›Ding‹ wird Krawatte genannt.« In Unkenntnis der Entsprechung auf Hochimperial verwende ich einfach das irdische Wort dafür.

»Kra-wa-te?«

»Ganz genau, aber zu einem stattlichen Burschen wie dir passt dieser Knoten besser.« Ich nehme ihm die Krawatte ab, wobei ich keine Mühe habe, seinen primitiven Knoten zu lösen. Dann binde ich ihm den Windsorknoten, einen der klassischsten Knoten überhaupt.

Vielleicht habe ich das Ganze nicht gut durchdacht, denn bald darauf beginnt das große Stühlerücken. Als die Hälfte der Herren an unserem Tisch zu mir kommt, um ebenfalls ihre Krawatte umgebunden zu bekommen, erregt das natürlich Aufmerksamkeit. Ich bin ganz in meine Arbeit vertieft, neue Knoten zu binden, Hemden in die Hose zu stecken, Hosentaschen wieder zurückstopfen und dergleichen und fühle mich dabei an meine Söhne und bei einem auch an meinen Enkel erinnert, da werde ich an den Haupttisch gerufen.

»Malikan Raduan, Malik Ariaram möchte Euch sprechen.«

Ich blicke den Letzten in der Reihe an, einen jungen Mann, der keinen »echten« Anzug trägt, sondern etwas, das aussieht, als wenn der Schneider nur eine vage Ahnung hatte, was ein »Suit« ist. Er geht leider leer aus, denn einen Malik lässt niemand warten, niemals!

»Malik Ariaram, es ist mir eine Ehre.« Ich verbeuge mich vor dem Herrscher von Pers, der bald auch mein oberster Herr sein wird.

»Raduan, was ist das für ein Aufruhr am unteren Tisch?«

Ich schlucke beim Anblick seiner eiskalten Augen. Der Mann ist schon lange oberster Herrscher, Richter und Geschworener in einem. Er kennt seine Macht und ist absoluten Gehorsam gewohnt. Selbst ich kann mich seiner Aura der Macht nicht entziehen. »Es gab ein bisschen Verwirrung, wie dieser Anzug hier richtig zu tragen ist, Malik. Ich habe nur ein wenig geholfen, die Kleidung zu richten. Verzeiht, wenn es Euch geärgert hat.«

»An-zug? Mir wurde berichtet, dass es ›Suit‹ genannt wird.«

Oje, ich habe in meinem Eifer das irdische Wort verwendet. »Ihr habt recht, es ist nur, mein Kopf arbeitet nicht immer richtig.« Ich klopfe mir selbst auf den Hinterkopf und lächele gequält.

Malik Ariaram schweigt für zwei Sekunden, dann lässt er ein gepresstes Lächeln sehen. Er verzieht genau dreimal die Lippen. Nicht mehr und nicht weniger. Endlich nickt er und widmet sich wieder seinem Essen. Ich blicke hilfesuchend zu meiner Mutter zu seiner Linken und sie schaut von mir zu meinem Platz. Nun gut, dann trolle ich mich besser.

»Aber habe ich dich nicht schon einmal gesehen, Raduan?«

Ich habe mich gerade eben halb abgewendet, da spricht Malik Ariaram mit vollem Mund weiter.

»Malik? Ich … ich weiß nicht. Ich glaube nicht.«

»Ich vergesse niemals ein Gesicht und gerade deines würde ich im Leben nicht mit einem anderen verwechseln. Ich weiß, dass du noch nie vor mir standest, und dennoch meine ich, dich schon einmal in meiner Nähe bemerkt zu haben.«

»Malik Ariaram, ich versichere Euch, mein Sohn ist zum ersten Mal in Eurer herrlichen Reichshauptstadt, er kann …«

»Schweigt, Malika, Euch hat niemand gefragt!« Der Herrscher fährt meiner Mutter über den Mund. Sie muss bei meinem Vater, Malik Kyros, viel Übung mit solchem

Verhalten haben, da ich in ihrem lieblichen Gesicht nicht die Spur von Zorn bemerke. Ich kenne sie aber mittlerweile gut genug, um zu wissen, welch starken Charakter sie hat und dass sie sich zu beherrschen weiß. Garantiert kocht sie innerlich vor Wut.

»Ich bin tatsächlich das erste Mal in diesem Palast, ich kenne Euch vor allem von den Wandgemälden und Statuen, die es überall gibt, wobei das Bildnis von Euch im Stall das großartigste sein muss.«

Meine Mutter zieht nun vernehmlich die Luft ein. Hoppla, schlechte Wahl des Objekts?

»Das Bild im Stall? Welches meinst du und woher kennst du es?«

»Es ist mir ein wenig unangenehm, ich kam heute zu spät zum Waffentraining und …«

»Wer hat dich eingeladen?« Diesmal unterbricht der Malik mich.

»Euer Neffe, Aras …«

»Ich weiß, wer mein Neffe ist.« Er braucht nicht einmal einen Bediensteten anzusehen, damit dieser sofort losrennt, um Aras zu holen. Immer mehr von den Menschen am Tisch werden unruhig. Meine Mutter rutscht unmerklich auf ihrem Platz hin und her, die Frau neben ihr fährt sich wiederholt durchs Haar, ein Mann vergisst, alle paar Sekunden seinen Bauch einzuziehen, und holt dies beständig nach, wenn der Knopf allzu sehr zu spannen beginnt.

»Malik Ariaram«, begrüßt Aras seinen Onkel.

»Neffe, warum hast du diesen Burschen zum Waffentraining mitgenommen?«

»Weil er bald ein Teil der Familie sein wird und als solcher sollte er kämpfen können. Ich habe bisher nichts Gutes über Raduans Kampfkünste gehört und so …«

»Stimmt das, Raduan? Kannst du wirklich nicht mit dem Schwert umgehen?«

Was soll ich es leugnen, außerdem dürften Spione ihm ohnehin schon alles über mich erzählt haben. »Meine Stärke steht auf fünf, mehr werde ich wohl nie erreichen. Ich habe bereits Mühe, ein Schwert und einen Schild nur zu halten.«

Malik Ariaram sieht mich abermals eindringlich an, dann platzt es aus ihm heraus. »Fünf?« Er schüttelt den Kopf. »Ich habe schon eine geringe Zahl vermutet, doch fünf?« Er packt tatsächlich meinen Oberarm und verlangt von mir, den Bizeps anzuspannen. Dann schüttelt er erneut den Kopf und scheucht Aras und mich mit einer knappen Handbewegung davon.

»Fünf«, höre ich hier und da die Zahl, und mehr als ein bedauernder Blick streift mich und meine Mutter.

• • •

»Aber was wollte er von dir?« Heli schmiegt sich unter der Bettdecke an mich. Ich habe ihr das Abendessen beschrieben und sie analysiert jedes Detail. Was darf ich ihr erzählen, was bleibt besser ein Geheimnis? Ich werde ihre Hilfe brauchen, wenn ich nachts losziehen will, um erstens Olle und Silja zu suchen und zweitens weiter den Palast zu erkunden. Ich könnte es gar nicht gebrauchen, wenn sie mitten in der Nacht aufwacht, mich vermisst und Alarm schlägt, weil sie denkt, ich wurde entführt.

»Ich habe nachts im Palast spioniert und dabei Malik Ariaram in seinem Zimmer im Turm gesehen. Er hat eine hochentwickelte Aufmerksamkeit, sie ist sogar extrem hoch. Dabei hätte er mich fast entdeckt.«

»Aber wie …?«

»Ich besitze neben meiner Klasse als Aristokrat eine weitere Klasse.«

»Das ist unmöglich.«

»Meinst du, ich lüge dich an?«

»Nein, doch wie kann das sein?«

»Das ist zu kompliziert zu erklären. Aber ich habe Fähigkeiten, die weit über diesen schmächtigen Körper hinausgehen. Ich bin ein Puppenspieler und kann in meinen Puppen wandeln.« Heli sieht mich mit großen Augen an, sagt jedoch nichts. »Dazu hast du nichts zu sagen?«

»Ich kenne nur die Puppenspieler vom Jahrmarkt, sie haben kleine Menschen- und Tierfiguren und erzählen Geschichten.«

»Nun, das könnte ich auch, aber ich benutze meine Puppen zum Kämpfen und Kundschaften. Darum brauche ich auch deine Hilfe. Ich werde heute Nacht wieder hinausgehen und ich benötige deine Unterstützung, damit es niemand merkt.«

Unvermittelt steht Heli auf und geht zum Ankleidezimmer. Durch die geöffnete Tür kann ich sehen, wie sie sich hinkniet und in meinen Sachen wühlt. Ich kann die Augen einfach nicht von ihr lassen, wie sie da nackt nach etwas sucht, sich halb in den Schrank beugt und dann irgendetwas greift und wieder zurückkommt. Auf dem Rückweg bewundere ich sie von vorne. Sie bemerkt meinen Blick und wird langsamer, damit ich mehr Zeit habe, sie zu betrachten.

»Ich hoffe, dir gefällt, was du siehst«, säuselt sie und kommt wieder ins Bett.

»Immer. Was hast du geholt?«

»Nur ein Mittel für eine gute, erholsame Nacht. Heute musst du dich gut nach dem anstrengenden Tag ausruhen.« Ich wundere mich nur so lange, bis sie beginnt, leise in mein Ohr zu flüstern, während sie mir einen kleinen Lederbeutel in die Hand drückt. »Da ist ein Schlafpulver drin, schaffst du es mit deinen Fähigkeiten, ein wenig davon beim Spion zu verstreuen? Er muss es einatmen.«

»Du hast recht, Heli, ich sollte heute Nacht wirklich einmal ausschlafen«, sage ich laut. Ich tue so, als wenn ich einen Finger in den Beutel stecke, ihn wieder herausziehe und ablecke. Hinterher platziere ich den offenen Beutel auf dem Nachttisch und kuschele mich an Heli an, die mich an ihre Brust drückt.

Unbemerkt ziehe ich eine Motte aus meinem Speicher, lasse die nur wenige Zentimeter große Puppe zum Schlafpulver krabbeln, ein wenig davon aufsammeln und zur Kammer fliegen. Mit ihrem überlangen Rüssel, der eigentlich für das Sammeln von Nektar da ist, verteile ich eine winzige Prise des Pulvers nur einen halben Meter über der Nase des Spions. Anschließend kommt sie wieder zu mir zurück. Nichts passiert und ich will sie gerade ein weiteres Mal einsetzen, da gähnt der Spion, reckt die Arme in die Luft und reibt sich die Augen. Einige Minuten vergehen und ich erkenne schon bald seine Lieblingsposition wieder: auf den hinteren Stuhlbeinen balancierend nach hinten gegen die Wand gelehnt, den Kopf am Stein. Seine Augen kann er nicht lange offen halten und es dauert nur zwei weitere Minuten, bis ein leises Schnarchen zu hören ist.

Erst jetzt steige ich aus dem Bett und lasse Heli zurück. Sie sieht mir interessiert zu, wie ich aus dem Nichts Spider hervorhole und eine Sekunde später bin ich verschwunden und nur meine Puppe ist noch im Raum.

»Das ist so faszinierend wie erschreckend, Raduan. Bist du da wirklich drin?«

Ich hebe das rechten Vorderbein und versuche einen nach oben gereckten Daumen zu zeigen, nur eben ohne Finger. Sie versteht mich trotzdem und lacht. Ich verabschiede mich mit einem Winken und klettere aus dem Fenster. Das Letzte, was ich sehe, ist Heli, die ein Kissen so neben sich unter der Decke drapiert, dass es wie ein zweiter Körper aussieht.

Kapitel 12

Die Nacht ist halb vorüber und ich habe bereits die Schlafsäle der Soldaten, Diener, Stallburschen, Gärtner – es gibt so viele Gärtner! –, der Bauern, Viehtreiber und Menschen, die auf eine Anstellung im Palastbezirk hoffen, inspiziert. Die Bauern waren für mich nur so lange eine Überraschung, bis ich auf ihre Felder mit Salat, Gemüse, auf Obstbaumwiesen und hektarweise Nuss- und Beerensträucher gestoßen bin. Anscheinend wird die gesamte Nahrung des Palastes, bis auf Getreide und andere besonders flächenintensive Pflanzen, innerhalb des Palastbezirkes angebaut. Spezialitäten aus dem Ausland, ob Fisch, Fleisch, Gemüse oder Obst, werden mittels Adlerpost gebracht, wie ich mittlerweile weiß. Doch die Unterkünfte unserer Diener und Soldaten habe ich bisher noch nicht gefunden.

Ich renne in Bug zwischen hohen Fenchelstauden zum nächsten Gebäude. An der Gebäudemauer wechsle ich in Spider und krabble die senkrechte Wand hinauf, nur um durch eine kleine Luke im Inneren Lebensmittelsäcke zu erspähen. Wieder ein Reinfall.

Bald darauf lasse ich in Bug einen Pferch mit Schafen hinter mir. Die leben so gut in ihrem abgesicherten Reich, dass sie nicht einmal aufblicken, wer da mitten durch sie hindurchläuft. Ein Schäfer, so jung, dass ihm höchstens zwei Barthaare wachsen, lehnt schlafend am Gatter.

Die Sonne ist bestenfalls ein oder zwei Stunden von ihrem Aufgang entfernt und ich bin kurz davor, endlich schlafen zu gehen, da entdecke ich ein schwer bewachtes Camp. Drei Dutzend Soldaten patrouillieren immer zu zweit um die Außenseite des massiven Holzzauns. Die Balken bieten genug Lücken, damit alle Wachen hineinsehen können und sofort erkennen würden, falls sich die hundert Soldaten hinter dem Zaun erheben würden. Doch das reicht dem Palast scheinbar nicht, denn acht Türme, jeder sieben Meter hoch und mit Bogenschützen besetzt, stehen rund um die Soldaten und Diener der Familie Kyros.

Sind wir nicht Verbündete, Familie, wie Aras es nennt? Ich habe ja schon von der Paranoia des Maliks erfahren, aber das ist doch krankhaft. Ich wechsle abermals die Puppe und Spider ist klein genug, um problemlos ins Camp zu gelangen. Der Holzzaun macht ebenfalls keine Schwierigkeit. Ich muss die lange Reihe an Zelten nicht einzeln absuchen. Olles Silberfuchs Halos liegt vor einem Zelt und blickt jedes Mal aufmerksam hoch, wenn sich jemand auf dem Weg zur ausgehobenen Latrine nähert.

Halos übersieht auch mich nicht, einen winzigen Waldschreck auf Level drei. Doch statt sich auf mich zu stürzen, wedelt er mit den beiden Schwänzen und verschwindet im Zelt. Ich sehe mich um, doch zwischen den Zelten sollten selbst die Bogenschützen keine Person identifizieren können, und so verlasse ich die Puppe und folge dem Tier als Raduan. Olle ist gerade erst aufgewacht und reibt sich die Augen. Silja dagegen sieht mich wütend an. Entweder hat sie noch gar nicht geschlafen, oder sie wacht viel leichter auf.

»Sieh einmal an, der feine Malikan Raduan gibt sich die Ehre, uns zu besuchen, und so hübsch herausgeputzt hat er sich dafür«, speit sie mir regelrecht entgegen.

Ich blicke an mir herunter und stelle fest, dass ich barfuß und nur mit einem Pyjama bekleidet bin. Vielleicht hätte ich mich richtig anziehen sollen, doch ich habe schlicht nicht daran gedacht, bevor ich in die Puppe gestiegen bin.

»Raduan!« Olles Begrüßung ist deutlich herzlicher und er stürzt in meine Arme. »Bruder … oder Malikan Raduan …?«

»Wenn wir unter uns sind, darfst du mich Bruder nennen, aber sei vorsichtig, meine Mutter wird das nicht gerne sehen und auch andere werden Anstoß daran nehmen. Lass uns ihnen keinen Grund geben, uns dauerhaft zu trennen, ja?«

Olle nickt heftig.

»Und welche Anweisungen habt Ihr für mich, *Herr*?«

Siljas Worte sind toxisch genug, um das ganze Lager zu vergiften. »He, es war deine Idee, du wolltest unbedingt meine Gefolgsfrau werden. Bitte sehr, so ist es nun einmal bei Hofe. Ich bin auch nicht begeistert, auf Schritt und Tritt überwacht zu werden. Heute wäre ich alleine beim Waffentraining mehrmals fast gestorben.«

»Wie ich sehe, lebst du noch, und ist das Helis Duft, den ich an deinem Körper wahrnehme? Mir scheint, dir geht es nicht so schlecht, wie du behauptest.«

Verdammt, selbst ohne ihre Wölfe dürfte Silja sehr scharfe Sinne haben. »Ich gebe zu, ich bin nicht in einem Lager eingesperrt wie ihr, aber auch ich befinde mich in einem Käfig, wenn auch in einem goldenen.«

»Gegen ein wenig Gold hätte ich nichts einzuwenden. Hier stinkt es, es gibt zweimal am Tag klumpigen Brei zu fressen und ansonsten nichts zu tun.« Silja redet sich immer mehr in Rage und ich kann es ihr nicht einmal verübeln.

»Falls ich es schaffen würde, zu erwirken, dass du mit Olle rauskommst, damit ihr dein Wolfsrudel suchen gehen könnt, wäre das besser?«

Silja richtet sich auf. »Auf jeden Fall! Ich könnte mich auch als Viehtreiberin verdingen und Rinderherden schützen, damit würde ich unser Brot verdienen.«

Meine Gefolgsleute werden nicht betteln gehen. Ich ziehe fünfzehn Silberkronen heraus und drücke sie ihr in die Hand. »Das sollte für einige Wochen reichen, bis die Hochzeit vorbei ist. Kannst du schreiben und lesen?« Sie nickt. »Sehr gut, ich werde vielleicht einen

Weg finden, dir Nachrichten zu schicken. Ansonsten treffen wir uns wieder, wenn wir nach der Hochzeit gen Eiban ziehen. Jetzt aber wird es Zeit, dass ihr mir beide ganz formell die Treue schwört.«

• • •

Ich stehe als Spider auf dem gewaltigen Turm der Nuv und blicke auf die Stadt hinunter. Wie schade, dass es keine Möglichkeit gibt, Bexda zu erkunden. Die riesige Stadt wirkt mit ihren Lichtern selbst aus dieser Höhe wie das blühende Leben, während der Palast wie der personifizierte Stillstand erscheint. Ich prüfe auch die drei Loyalitätsfäden, die nahezu unsichtbar von mir zu Olle, Heli und Silja gehen. Leider muss ich dafür doch meine Puppe verlassen, aus irgendeinem Grund kann ich nur so die Fäden erkennen. Ich könnte meine Bonusbelohnung für Skills darauf anwenden, aber das wäre eine riesige Verschwendung.

Mit meinen eigenen Augen sind die fernen Lichter, die außerhalb der Palastmauern leuchten, verschwommen. Doch nun schaue ich auf meine Verbindung zu meinen Getreuen. Egal wie weit sie laufen, egal wie krank sie sind, solange sie leben, mir gegenüber loyal sind und mich als ihren Herren anerkennen, wird dieses Band bestehen.

Ich warte ab, bis die Sonne sich über den Horizont erhebt, genieße den Sonnenaufgang von hier oben, dann wird es höchste Zeit, in meine Suite zurückzukehren. Ich gehe in meine Spider, klebe einen Spinnfaden an die Außenkante und springe in den Abgrund. Kurz über dem Dach des Palastes endet mein Fall und ich setze auf. Ich kappe den Faden, eile an der Außenseite des Palastes entlang, bis ich beim Fenster zu meiner Suite ankomme. Mit meiner Motte versichere ich mich, dass der Spion noch immer fest schläft. Er sitzt genauso da, wie ich ihn verlassen habe; er wird sich beim Aufwachen also über verkrampfte Muskeln im Hals- und Schulterbereich, ach, eigentlich überall, freuen können. Reihum blicke ich auf die Kristallbilder, mit deren Hilfe er meine Räume überwacht. Doch auf keinem davon ist Heli zu sehen.

Was hat das zu bedeuten? Ich beende die Übertragung der Motte und schlüpfe durch das Fenster ins Zimmer, springe aus meiner Spider und ziehe die Decke vom Bett. Das Kissen, das mich ersetzt hat, ist da, nicht aber meine Geliebte. Ich prüfe das Band der Loyalität und es führt durch den Zimmerfußboden nach unten. Theoretisch muss ich nur dem Band folgen, dann werde ich sie finden.

Aber was, wenn sie nur weggegangen ist, um mich zu decken? Wenn ich ihr nun hinterherstürme, wird alles auffliegen. Ganz ruhig, sie kann schließlich nicht entführt worden sein, dafür sind ja die Wachen vor der

Tür, oder nicht? Ich schicke eine Motte durch den Türspalt, und das Erste, was ich sehe, ist, dass die Wachen verschwunden sind. Weder vor der Suite meiner Mutter noch vor der meines Bruders steht jemand. Was, wenn sie auch weg sind? Meine Motte fliegt so schnell sie kann den Flur hinunter, krabbelt unter der Tür hindurch in die Unterkunft meiner Mutter, die in ihrem Bett liegt und schläft. Bei Arian dagegen ist niemand. Doch ob er überhaupt jede Nacht hier schläft oder sich sonst wo herumtreibt, weiß ich nicht. Was soll ich tun, meine Mutter schützen oder Heli suchen?

Warum habe ich nur den Spion schlafen gelegt, er hätte alles gesehen … Obwohl, wer auch immer die Wachen abgezogen und Heli mitgenommen hat, hätte doch auch an den Spion denken müssen. Denn dass Heli freiwillig weggegangen ist, glaube ich angesichts des Verschwindens der Wachposten immer weniger. Ich aktiviere die Motte in der Kammer und fliege zu dem Mann, der wie die letzten Stunden mit dem Stuhl nach hinten gekippt an der Wand lehnt. Im Halbdunkel habe ich den Schaum vor seinem Mund nicht gesehen. Was auch immer hier passiert ist, der Mann atmet nicht und sein Blick ist gebrochen.

Zurück zur Frage: Heli oder meine Mutter? Einerseits empfinde ich mittlerweile etwas für Heli und Lilith ist nicht wirklich *meine* Mutter, aber andererseits … Warum nicht beides tun? Ich trete aus dem Zimmer, und dann schreie ich um Hilfe, und das so laut, wie es meine Stimme zulässt. Sie ist bei Weitem nicht so durchdringend, wie ich es gerne hätte, doch in einem solchen Palast, mit vielen Sicherungszaubern, Wachen, und ohne Zweifel weiteren verstecken Spionen, dauert es trotzdem nicht lange, bis ich das Getrampel von Soldaten höre, die in schnellem Schritt gelaufen kommen.

Es wird Zeit, zu verschwinden. Also ab in die Spider und durch das Fenster an der Außenwand hinunter bis zum Erdboden, damit ich zumindest weiß, wie weit ich wieder nach oben muss. Unten auf der Erde – ich habe trotz der Gefahr, entdeckt zu werden, für eine Sekunde meine Puppe verlassen – bemerke ich, dass der Faden der Loyalität weiter hinab führt. Überhaupt nicht gut. Was befindet sich unter einem Palast? Richtig, die Kerker und Folterkammern!

Kapitel 13

Ich krabbele so schnell ich kann in Spider durch das Erdgeschoss und suche eine Treppe, die nach unten führt. Doch die einzigen Stufen, auf die ich stoße, führen nach oben. Das muss aber nicht heißen, dass ich im Erdgeschoss alles abgesucht habe, immerhin konnte ich bisher nur die öffentlichen Räume und Flure einsehen. Was dagegen hinter den diversen Türen liegt, das weiß ich nicht. Vor manchen stehen Wachen und ich vermute, sie lassen sich öffnen, andere scheinen abgeschlossen zu sein. Als kleine Spider werde ich weder das eine noch das andere Hindernis überwinden können.

Außerdem muss ich die ganze Zeit meinen Faden der Loyalität im Auge behalten, und das geht aus meiner Puppe heraus nicht. Also suche ich mir immer wieder vor Blicken geschützte Ecken, Nischen oder Schatten und versuche den Ort einzugrenzen, an dem sich Heli befindet. Langsam kreise ich den Bereich ein, wo sie sein muss. Anhand des Winkels, den der Faden hinuntergeht, kann ich grob abschätzen, wo ungefähr sie von hier aus sein muss. Im Norden geht der Faden beispielsweise nach unten und deutlich in den Süden, während er im Süden fast senkrecht in die Tiefe führt. Ich bin mir somit mittlerweile sicher, dass es ein südwestlicher Punkt unter dem Palast ist. Wenn ich doch nur durch

Stein gehen könnte. Außerdem ist die Gefahr groß, von irgendwem gesehen zu werden, während ich auf den unsichtbaren Faden starre, aber was soll ich sonst tun? Und die dringendste Frage ist: Wie komme ich da hin?

Plötzlich ertönt ein dumpfer Glockenschlag und die Wachen in meinem Blickfeld reißt es aus der halbwachen Trägheit der Nacht. Mit einem Mal stehen sie stramm, packen ihre Lanzen fester und blicken sich wachsam um. Es dauert nur eine Minute, bis die erste Verstärkung aus der Kaserne rennend eintrifft und eine Treppe nach oben nimmt. Ich vermute, sie haben mittlerweile den toten Spion und mein Verschwinden sowie das von Heli und Arian entdeckt. Bald darauf ertönt ein zweiter Glockenschlag, scheinbar brauchen sie mehr Leute, da nun überall je einer der zwei Wachleute eines Doppelpostens davonläuft.

Das könnte meine Chance sein. Ich lasse mich von der Decke fallen, lande auf meinen acht Beinen, wechsle hinter einer Ecke in den deutlich größeren und massigeren Bug und rase auf den nächstbesten Wachposten zu. Der hat nicht einmal Zeit, Alarm zu schlagen, da trifft ein Giftdorn ihn in den Hals. Vor Schreck erstarrt der Mann und ich nutze die Sekunde Extrazeit, um ihn anzuspringen und ihm eine Kopfnuss zu verpassen. Ohnmächtig sackt er zusammen. Er wird dank des Giftes, das langsam wirkt, nicht gleich wieder aufwachen, sondern eine ganze Weile schlafen.

Die unverschlossene Tür neben dem Wachposten kann ich mit meinen Vorderbeinen öffnen, doch es befindet sich lediglich ein Arbeitsraum dahinter, ein großer Schreibtisch, Bücherregale, Stempel und wertvoll aussehende Folianten. Nicht das, was ich suche.

Gleich beim nächsten Versuch, langsam bekomme ich Übung im Ausknocken der Wachen, offenbart sich mir eine Mini-Bibliothek. Hier gibt es jede Menge staubige Wälzer. Der aufgeschlagene Band, der auf einem ebenso staubigen Tisch liegt, beinhaltet offensichtlich Stammbäume. Ich blättere ein paar Seiten durch, mache Schnappschüsse, bevor ich innehalte. Was tue ich hier? Dafür habe ich jetzt wirklich keine Zeit. Ich muss einen Weg finden, der in den Kerker führt. Aus dem Flur ist auf einmal Geschrei zu hören, sie müssen den ersten überwältigten Wachmann entdeckt haben.

Mist, das ging viel zu schnell! Ich wechsle sofort in Spider, klettere hastig die Wand hoch und verstecke mich außerhalb der Ahnen-Bibliothek über dem zusammengesunkenen Soldaten. Hier oben, im Schatten einer Statue, sieht mich hoffentlich niemand. Gleich sechs Wachmänner rennen von drei Seiten auf meinen Aufenthaltsort zu, entdecken den betäubten Kollegen unter mir und kommen schlitternd zum Stehen. Der mit den meisten goldenen Abzeichen auf der Brust bückt sich, prüft Puls und Atmung und betrachtet die kleine

Wunde auf der Stirn des Ohnmächtigen, die er von der Kopfnuss davongetragen hat.

»Es sind weitere Angreifer im Palast, also nicht nur oben, sondern auch hier. Besetzt alle Zugänge, wir dürfen sie nicht entkommen lassen. Unterrichtet Malik Ariaram über den Kristall, damit er gewarnt ist. Niemand darf mehr von einem Flügel zum anderen oder gar die Etage wechseln. Bringt auch die Garde in Stellung, sie sollen alles von unten nach oben durchkämmen.«

»Was ist mit dem Kerker?«

»Was soll damit sein?«

»Was, wenn ein Gefangener von dort geflohen und für den Aufruhr verantwortlich ist? Ihr wisst doch, *was* für Leute dort festgehalten werden und warum …«

»Prüf das nach, wenn von unten niemand entkommen ist, versiegelt den Kerker bis morgen Abend und sagt den Posten dort, dass sie so lange auf sich alleine gestellt sind.«

• • •

Es kann manchmal so einfach sein. Der junge Wachmann, der die Idee mit dem Kerker hatte und dorthin geschickt wird, merkt bei der Hektik nicht einmal, wie ich mich auf seinen Rücken fallen lasse, dem metallenen Brustpanzer sei Dank. Ich muss also nichts weiter tun, als mich festklammern und vorsichtshalber die Videokamera mitlaufen lassen. Man weiß ja nie. Jetzt endlich erreichen wir den Kerker. Der Zugang ist weder mit einem Wachmann besetzt, noch handelt es sich dabei um eine einfache verschlossene Tür. Es ist ein hinter einem Wandvorhang versteckter Durchgang.

Der Wachmann reißt den Teppich zur Seite und es offenbaren sich eine Reihe Kristalle, die er in einer schnellen Abfolge drückt. Ich kann von seinem Rücken aus nur halb erkennen, was er tut, und die Kombination, die er auswählt, nicht sehen, aber immerhin hören. Zur Not muss ich das Video so oft abspielen, bis ich die Tonfolge den Kristallen zuordnen kann. Eine Steinplatte, dick wie eine Tresortür, öffnet sich auf geölten Scharnieren lautlos nach innen.

»Wer da?« Gleich drei Lanzenspitzen werden drohend auf den jungen Wachmann gerichtet.

»Ich bin's, Naid. Nehmt die Lanzen runter.« Er drückt die eisernen Spitzen selbst zur Seite und steigt die schmale Treppe hinunter. Ein Mann könnte alleine den Ausgang gegen eine ganze Horde halten, wenn er nur gut genug kämpfen kann.

»Was ist da oben los? Wir haben nur die Doppelglocke gehört.« Naid erklärt rasch, was er weiß, doch die Frage, ob jemand aus dem Kerker geflohen sein könnte, wird vehement verneint.

»Wir haben eben erst die Runde beendet, alle rotten weiterhin in ihren Zellen vor sich hin.«

Ich warte nicht ab, bis Naid kehrtmacht und den Zugang wieder versiegelt. Gerade erklärt er ihnen, dass er genau das tun soll. Die drei Wachen sind bei der Aussicht, bis morgen Abend hier festzusitzen, alles andere als begeistert.

»Die Schicht ist fast vorbei, ich will zu meiner Frau und ins Bett!«

»Meine Kinder erwarten mich heute«, wendet der Nächste ein.

Ich nutze den Sturm der Entrüstung, um mich rasch davonzumachen. Zwar gibt es Kristalle, die den Gang beleuchten, doch sie brennen nicht wirklich hell. Außerdem achtet hier niemand auf eine kleine ungefährliche Spinne. Wobei klein relativ ist, immerhin bin ich so groß wie ein Essteller, aber eben auch kein Vier-Meter-Monstrum, wie es in den Wäldern rund um Druyensee anzutreffen ist.

In Spider sehe ich zwar den Faden zu Heli nicht, aber ich habe mir auf der Karte den südwestlichen Punkt markiert und krabbele dorthin. Es gibt auch nur einen Gang, der von den drei Wachen und dem versiegelten Zugang tief in den Felsen führt. Irgendwelche Leute, ob Menschen, Zwerge oder andere Wesen, haben ihn aus dem Stein geschlagen. Ich kann sogar die Spuren von Werkzeugen erkennen.

Der Gang macht einen Knick und dahinter versperrt eine Gittertür den Durchgang. Das große Schlüsselloch deutet auf ein eher primitives Schloss hin, doch es ist gar nicht nötig, dass ich mich damit auseinandersetze. Die Gitterstäbe sind nicht auf eine kleine Spinne ausgelegt und so kann ich mich problemlos hindurchschieben. Noch weniger Kristalle leuchten hier und ich muss meine Dunkelsicht aktivieren, um die Umgebung zu erkennen.

Auf der linken Seite des Ganges erscheint eine Reihe von Zellen und sie entsprechen absolut dem Klischee einer mittelalterlichen Kerkerzelle. Fauliges Stroh, tropfendes Wasser, heruntergekommene, erbarmungswürdige Gefangene. Sie sind dürr, geradezu ausgemergelt, und die meisten schlafen. Doch einige scheinen vom Glockenschlag geweckt worden zu sein. Die Männer entdecken mich auch sogleich und versuchen mich anzulocken. Warum auch immer, aber mir gehen die Worte der Wache nicht aus dem Kopf. »Ihr wisst doch, *was* für Leute dort festgehalten werden und warum.« Die Aussage deutet definitiv auf gefährliche Menschen hin, seltene Klassen, mit merkwürdigen Fähigkeiten. Es kann natürlich sein, dass sie einfach Spinnen mögen und sich ein Haustier halten wollen, aber ich habe nicht vor, es herauszufinden. Also krieche ich so schnell, wie ich es vermag, am Männertrakt vorbei. Dahinter erstrecken sich viele Dutzend leere Zellen. Ganz am Ende, vor einem weiteren Knick, befindet sich wieder eine Gittertür, die für Spider ebenfalls kein Hindernis darstellt. Einhundert Meter dahinter, ich sehe lediglich offene, leere Räume, die vielleicht mal als Lager gedient haben, fängt der Frauentrakt an. Es gibt nicht weniger Gefangene hier und sie sind genauso zerlumpt, abgemagert und verdreckt wie die männlichen Gefangenen zuvor.

In zwei oder drei Zellen entdecke ich jedoch zu meiner Überraschung eine Art Matratze auf dem Boden und einige Nahrungsmittel daneben. Ich will mir nicht vorstellen, womit diese Frauen die Wachen bestochen haben, um solche Vergünstigungen zu erhalten.

Einige Gefangene sind wach und entdecken mich, als ich in die Zellen spähe und nach Heli Ausschau halte. Auch von ihnen erschrickt niemand bei meinem Anblick, doch versucht auch niemand, mich zu sich zu locken. Bei einer grauhaarigen Frau, die mich besonders eindringlich anstarrt, riskiere ich eine Analyse.

Name:	Necla Said
Klasse:	Level 41 Attentäterin
Fortschritt:	30 %
Gesundheit:	89 / 150
Manapunkte:	1 / 240
Energie:	10 / 150
Volk:	Mensch

Eine Attentäterin? Ihr Gesundheitsbalken ist nur zu etwas über die Hälfte gefüllt, aber das dürfte unter diesen Umständen kein Wunder sein. Außerdem wird ihr anscheinend permanent das Mana abgesogen, doch auch das überrascht mich nicht. Wie leicht wäre es, mit einem manaverbrauchenden Skill hier zu entkommen? Und so abgemagert, wie sie aussieht, ist auch ihre geringe Energie zu erklären. Aber ihr Level ist hoch, sie ist keine Adlige und hat sich somit ihren Fortschritt selbst erarbeiten müssen. Mit ihr werde ich mich lieber nicht anlegen und so krabbele ich in einem weiten Bogen um sie herum.

Sie folgt mir mit ihren Blicken, als ich auf ihrer Höhe vorbeikomme. Ich bin fast hinter der nächsten Biegung verschwunden, als sie doch noch etwas murmelt. »... sprechen uns noch.« Sie nuschelt so, dass ich nur den letzten Teil verstehe. Wenn sie mich nicht mit einem so klaren Blick fixiert hätte, würde ich ihre Worte als das Gebrabbel eines von der Isolation gebrochenen Geistes interpretieren.

Ich habe aber ganz bestimmt nicht vor, irgendwem hier zu helfen. Eine Attentäterin ist nicht wegen einer Lappalie im Kerker. Wer weiß, wie viel Blut an ihren Händen klebt. Hinter dem Zellentrakt folgen Folterkammern und mit wachsender Angst blicke ich in jede einzelne davon. Doch von Heli ist hier Gott sei Dank keine Spur zu finden. Weder brennen Kohlen in den entsprechenden Feuerschalen, noch sind die Streckbänke besetzt. Die Instrumente, Zangen, Hämmer, Strangulationsgeräte sowie Nadeln und andere Werkzeuge, die sich gänzlich meinem Verständnis entziehen, hängen ungenutzt an den Wänden. Sie sind sogar sauber, als wenn hier jemand auf die Hygiene achten würde.

Rasch verlasse ich auch diesen Bereich und krabbele um die nächste Biegung, nur um in einer Sackgasse zu landen. Was zum …? Unterwegs sind mir keine Seitengänge und auch keine weiteren Räume aufgefallen. Hinter dem Zugang zum Kerker gibt es lediglich noch den Aufenthaltsraum der Wachen, aber nichts, was mich weiter in den südwestlichen Bereich des Palastes bringen würde. Ich sehe mich um, lausche, ob irgendwer in der Nähe ist und als ich nichts bemerke, steige ich aus der Puppe und starre auf meinen Faden der Loyalität. Heli befindet sich noch tiefer, unter dem Kerker! Außerdem führt der Faden nach hinten und wieder zum Gefangenentrakt, doch sie war definitiv in keiner der Zellen.

Ich lege Spider in meinen Speicher und schleiche zurück, behalte dabei die Umgebung und den Faden im Auge. Irgendwo wird der Faden durch eine Wand verschwinden müssen und ich hoffe, dass ich dann eine Geheimtür oder etwas in der Art finde.

Warum kann ich nicht abschätzen, wie weit weg sie ist? Heli könnte einen Meter unter dem Boden sein oder zehn Kilometer tiefer in einem Brunnenschacht stecken. Ich hatte sie zwar aus dem Erdgeschoss angepeilt, aber das ist auch schon über eine halbe Stunde her. Was, wenn sie in der Zeit weggebracht wurde? Es ist zum wahnsinnig werden! Ein Schmerz in meinem rechten Fuß lässt mich fluchen, nicht laut, aber ich drücke mir dennoch rasch eine Hand auf den Mund. Als ich hinunterschaue, entdecke ich einen Käfer von der Größe meiner Hand, der mir seinen Stechrüssel in den Fuß gerammt hat. Ich habe noch immer mein Nachtzeug an und dazu gehören bekanntlich keine Schuhe. Ich dachte aber auch nicht, dass ich ohne meine Puppe unterwegs sein würde.

»Luftdegen!« Fünfzig Manapunkte rauschen aus meinem Vorrat, dafür flimmert beinahe unsichtbar ein Degen aus verdichteter Luft in meiner rechten Hand, und ich steche zu. Die Spitze landet sauber zwischen Kopf und Rumpf.

Olyave Raubwanze (1).

Olyave Raubwanze, die
Dieses Insekt lebt in dunklen, meist feuchten Höhlen oder Gebäuden. Durch ihre Vorliebe für Blut und andere organische Flüssigkeiten sind Olyave Raubwanzen häufig in Kerkern zu finden, wo humanoide und nichthumanoide Lebewesen ihnen weitgehend ausgeliefert sind. Sie sind leicht giftig, wobei ihr beim Saugen injiziertes Gift Schläfrigkeit verursacht.

Mistvieh! Und ihr Tod hat mich nicht einmal einen Prozentpunkt weitergebracht. Dennoch sammle ich die Überreste auf; sie wird mir vielleicht irgendwann einmal als Puppe dienen können.

Eine Meldung zu einem Debuff gibt es nicht und ebenso wenig spüre ich eine plötzliche Müdigkeit. Anscheinend hatte die Raubwanze keine Zeit, um mir ihr Schlafgift zu injizieren, zumindest eine gute Nachricht.

Ich halte inne. Das Band der Loyalität bewegt sich leicht nach links, Heli geht weg oder wird getragen! Ich laufe los, immer den Blick auf das Band geheftet.

»Sieh einmal an, was für ein hässliches Bürschchen da zum Vorschein gekommen ist.«

Verdattert halte ich inne. Necla Said, die hochrangige Attentäterin, klammert sich mit ihren dürren Fingern an die Gitterstäbe ihrer Zelle und starrt mich hungrig an. Ich habe vollkommen vergessen, in Spider an den Zellen vorbeizulaufen. Jetzt werde ich sie entweder umbringen oder bestechen müssen, damit sie mich nicht verrät.

»Du kannst gerne versuchen mich umzubringen, aber ich sage dir, wenn es so einfach wäre, wäre ich längst tot.« Sie lacht krächzend, sodass die anderen Frauen aufwachen, sich aus ihren Lumpendecken winden und zu uns starren. »Jetzt musst du schon elf umbringen, um keine Zeugen zu hinterlassen.«

»Glaubt ja nicht, dass mir das etwas ausmachen würde«, bluffe ich.

»Ein ganz harter Bursche, was? Und dem Schlafanzug aus Seide nach ein Adliger, ja, ich glaube dir, dass du auf uns herabsiehst. Wir sind nur Dreck für dich … aber wir könnten dein Dreck sein. Du bist doch auf der Suche nach der lieblichen Blonden, die hier vor einigen Stunden hergebracht wurde, nicht wahr? Warum sonst sollte ein Junge in seinem edlen Nachtzeug hier auftauchen.« Ihr barscher Ton ist nicht verschwunden, doch spricht sie jetzt mit einer Spur Flehen in der Stimme. »Also, was meinst du? Du befreist uns Hübschen aus den Zellen und wir helfen dir, dein Liebchen wiederzufinden.« Sie streckt mir sogar ihre verkrüppelte Hand hin. Irgendwer muss ihre Finger vor langer Zeit mit einem Hammer oder etwas Ähnlichem bearbeitet haben.

»Keine Chance, ich werde euch nicht befreien.« Ich wirke rasch einige Analysen und fasse dann zusammen: »Eine wahrlich illustre Gesellschaft: zwei Berserkerschwestern, drei Giftmischerinnen, gleich fünf Schwertkämpferinnen, eine Bogenschützin und natürlich du, Necla Said, eine Attentäterin auf Level 41. Ja, Ihr habt recht, ich will meine Geliebte befreien, und nicht dabei umkommen, indem ich eine Mörderinnenbande freilasse.«

Das bringt Necla zum Schweigen und das so gründlich, dass sie eine geschlagene Minute nicht spricht. »Ich bin hier eingesperrt, weil ich einen Anschlag auf Malik Ariaram verübt habe. Mein ehemaliger Herr hat mich auf ihn angesetzt. Doch ich wurde von ihm selbst verraten, da mein Herr aus der Warnung vor einem Attentat mehr Kapital schlagen konnte als aus dem Mord. Lass mich frei, Bursche, und ich verspreche dir, dir zu dienen.«

»Und all die anderen Gefangenen sind ebenfalls nur hier, da sie verraten wurden, und es handelt sich bei ihnen in Wirklichkeit um ganz treue Seelen, nicht wahr?« Ich brauche mir keine Mühe zu geben, um meiner Stimme den Spott beizumischen, er kommt von alleine.

»Nein, Livie zum Beispiel hat bei einem Giftanschlag versagt. Kore dort hinten ist allerdings eine begnadete Schwertkämpferin aus Pers, doch sie hat es sich mit dem Sohn des Malik verscherzt, als sie ihm nicht auch im Bett dienlich sein wollte. Soll ich weiter aufzählen?«

Jetzt klammern sich alle Frauen an die Gitterstäbe und sehen mich mit so etwas wie Hoffnung an. Mist, ich will sie wirklich nicht freilassen, aber das hier ist nicht nur ein Spiel, das sind echte Menschen, echte Schicksale.

»Wir würden dir die Treue schwören und du wärst der Erste, der einen Trupp Mörderinnen hat, die ihm zu Diensten stehen.« Dabei lacht sie wieder ihr krächzendes Lachen. »Wir sind nicht alle so hübsch wie die entführte Blonde, aber bei deinem Aussehen solltest du auch nicht zu wählerisch sein.« Sie zieht mit einer Bewegung ihr zerlumptes Kleid herunter und klopft sich selbst auf den dürren Hintern. Dabei spricht aus jeder ihrer Bewegung Spott und Hohn. Nein, das ist keineswegs ein ernsthaftes Angebot, sie zieht – auf ihre Weise – ihre Grenzen. Um das zu verstehen, brauche ich nicht einmal meinen Skill Hofpolitik.

»Zieh dich wieder an, Necla Said. Aber ich habe eine Bedingung für eure Befreiung: Ihr schwört mir alle Loyalität und …« Ich halte mitten im Satz inne. Was tue ich hier? Wie soll ich sie aus dem Kerker rausbringen? Wenn wir an den Männern vorbeilaufen, bekomme ich womöglich neben einer Mörderinnenbande noch eine Mörderriege dazu, und die Wachen abmurksen und alle aus dem Palast bringen will und kann ich nicht. Vor allem geht es nicht, da der Zugang versiegelt wurde, das heißt, hier kommt keiner mehr raus.

»Wir schwören dir die Treue, wir alle. Ich zeige dir, wo deine Geliebte festgehalten wird, wir schlagen uns durch die Alptraumhöhlen und nehmen den Ausgang über das Portal. Alles ganz einfach, wir haben sogar eine gewisse Chance, das zu überleben.«

Ich lasse mir noch einmal genauer erzählen, was sie meint, und nicke dann. Es ist wahnsinnig, aber eine Möglichkeit. Und einen besseren Weg sehe ich nicht, um Heli zu retten.

Kapitel 14

Einer Gefangenen nach der anderen nehme ich den Schwur ab, mir zu dienen und bei jeder Frau bekomme ich einen weiteren Faden der Loyalität. Nur bei der Letzten flackert das Band lediglich kurz auf und erlischt sogleich wieder.

»Ich sehe, dass du den Schwur nicht aufrichtig leistest. Ich kann dich leider nicht mitnehmen«, sage ich und lasse die Tür zu ihrer Zelle verschlossen.

»Wage es nicht, Bursche! Befreie mich oder ich schreie hier alles zusammen, so dass ihr keine drei Schritte weit kommt.« Die Frau klammert sich an das Gitter und faucht und spuckt vor Wut.

Necla langt zwischen die Stäbe, greift um die Frau herum, sodass sie ihren Kopf und Oberkörper festhält und mit einem Ruck hat sie ihr das Genick gebrochen.

Gefangene (1, anteilig).

»Wir können keine Verräter gebrauchen, Herr.«

»Du kannst keine Leute umbringen, wann immer es dir gefällt!«, zische ich.

»Gefällt? Greta war meine beste Freundin hier unten, und doch weiß selbst ich, dass sie im Laufe der Zeit wahnsinnig geworden ist. Nein, sie hätte uns verraten, kaum dass wir ihr den Rücken zukehren.«

»Und dennoch wäre es meine Entscheidung gewesen!« Wir starren uns gegenseitig an, bis Necla die Augen senkt. Der Skill hat ihr Loyalität eingeflößt, nachdem sie ernsthaft geschworen hatte, mir zu gehorchen. Während Necla über meine Worte grübelt, muss ich wiederum über den Erfahrungszuwachs nachdenken. Ich bekomme also Erfahrungspunkte, wenn meine Gefolgsleute einen Kampf gewinnen? Gilt das für alle Adlige oder nur für mich, da ich den Skill Band der Loyalität habe, der uns enger aneinander bindet? Auf jeden Fall bietet es mir ganz neue Möglichkeiten. Und auf einmal ergibt die Kriegslust, die ich immer wieder bei den Adligen spüre, eine neue Bedeutung. Ein Krieg kann eine Schwemme an EP bewirken und somit zu einem oder mehreren Stufenaufstiegen führen. »Wie Ihr wollt, Herr. Brechen wir auf?« Necla hat entschieden, dass ich recht habe. Gut so.

»Nein, zieht euch um, esst etwas und dann gehen wir los. Halb verhungert werdet ihr mir nach drei Schritten zusammenbrechen.« Ich ziehe die gesamte Adelskleidung heraus, die noch in meinem Speicher ist und die Frauen stürzen sich geradezu darauf. Sie haben keinerlei Hemmungen, sich vor mir zu entkleiden, Hauptsache, sie werden ihre zerlumpten und verlausten Sachen los. Ich warte, bis sie fertig sind, ziehe mir selbst auch eine Hose und ein Hemd an, statt weiter im Pyjama herumzulaufen. Nur Schuhe sind leider absolute Mangelware. Nicht einmal für mich habe ich welche. Nun, es ist, wie es ist. Ein paar Kleidungsstücke sind noch übrig und ich stecke sie wieder ein, aber ich sollte bei Gelegenheit meine Reservegarderobe aufstocken. Ich ziehe einige Nahrungsriegel heraus und verteile sie. Wasser gibt es zum Glück zur Genüge, man braucht lediglich die feuchten Zellenwände abzulecken. Nicht sehr verlockend, aber zumindest auch nicht giftig oder verschmutzt.

Nebenbei heile ich Neclas Hand, deren Finger vor langer Zeit falsch zusammengewachsen sind. Die Knochen brechen erneut und rücken an ihren angestammten Platz, bevor sie sich wieder zusammenfügen. Die Attentäterin beißt die Zähne zusammen und wimmert nicht einmal leise, bis es vorbei ist. Anschließend heile ich weitere Verletzungen; einige Frauen wurden vor nicht allzu langer Zeit geschlagen oder ausgepeitscht, andere haben wie Necla falsch zusammengewachsene Knochen. Keiner von ihnen entringt sich ein Schmerzenslaut, während die Heilung sie peinigt. Als ihr neuer Herr erfüllt mich ihre Zähigkeit mit Stolz.

»Herr, Ihr könnt uns nicht zufällig auch von den Halsbändern befreien, die unsere Magie unterdrücken?«

Necla beugt sich herab, damit ich mir das Metallband näher anschauen kann. Es ist eine feingliedrige Kette, doch als ich versuche, sie mit meinem Werkzeug zu zerstören, hinterlasse ich nicht einmal einen Kratzer.

»Ich fürchte, dazu bin ich nicht in der Lage. Wie wurden sie verzaubert, wie funktionieren sie?«

»Sie entziehen uns die Magie genau in der Geschwindigkeit, mit der sie neu gebildet wird. Jedes Halsband wird extra für die Gefangene hergestellt und die Magie abgeleitet, um dem Reich zu dienen.«

»Indem sie zum Beispiel die Zauber im Palast aufrechterhält?«

»Vielleicht. Die Einzelheiten sind natürlich geheim, aber so wird es in den meisten anderen Reichen gemacht. Ich kann Genaueres sagen, wenn ich mindestens eine Tagesreise von hier wegkomme. Endet dann der Zauber auf dem Halsband, war der Palast das Ziel der Magieübertragung.«

Ich sehe mich unter meinen neuen Gefolgsleuten um, die mich ihrerseits abwartend anschauen. In ihren Blicken liegt ein Hauch Glaube, aus der Sache heil herauszukommen. »Wenn ich kurzzeitig eure Magieproduktion erhöhen könnte, würde die Übertragungsleistung steigen?«

»Nein, der Übergang wurde zuvor genau gemessen, damit wir möglichst lange unsere Kraft spenden können. Entzieht uns das Halsband dauerhaft zu viel Magie, sterben wir vorzeitig.«

»Das ist die Antwort, die ich hören wollte.« Ich teile sofort elf Magieäpfel aus Druyensee aus, die die Manaregeneration verdoppeln.

Erst schauen sie skeptisch, doch sobald sie ihren Apfel aufgegessen haben, spüren sie, wie allmählich ihre Magie ansteigt. Alle gleichzeitig fallen vor mir auf die Knie und schwören mir erneut die Treue. Ich zögere nun nicht länger und gebe die vier Schwerter heraus, die ich an die Schwertkämpferinnen mit dem höchsten Level verteile. Die anderen schauen sehnsuchtsvoll, doch als ich elf Dolche herausziehe, legt sich der Neid. Die Bogenschützin bekommt die Armbrust samt Bolzen, die zwei Berserkerschwestern die beiden Garotten und einer von ihnen reiche ich zudem den Schlagring. Mit dem Handbeil dagegen kann niemand umgehen und so behalte ich es, genauso wie den letzten Dolch. Damit bin ich praktisch blank, dafür sind meine Gefolgsleute ernsthaft bewaffnet und unsere Chancen sind beträchtlich gestiegen.

»Nun aber los. Necla, zeig mir, wo Heli steckt.«

• • •

Necla führt uns zur Sackgasse zurück und klopft mit den Knöcheln gegen die Wand. Sie muss eine sehr hohe Wahrnehmung haben, denn irgendwann sagt sie »hier«

und deutet auf einen massiven Steinquader. Für mich sieht und klingt er wie alle anderen.

»Der Zugang ist hier, sie haben ihn allerdings verriegelt. Früher gab es eine feste Abfolge von Berührungen, um den Durchgang zu öffnen, aber es gibt keine Kristalle mehr in den Fugen.«

»Also kannst du mich nicht zu diesen ›Alptraumhöhlen‹ führen?«

»Ich bin noch nicht fertig mit dem Suchen, doch …«

»Ein einfaches Nein reicht mir, mach Platz. Was ihr jetzt seht, bleibt unter uns, verstanden?« Alle nicken und treten dann näher, um besser sehen zu können, welchen Zauber ich nun aus dem imaginären Hut ziehe. Es ist allerdings Turtle, die zum Einsatz kommt. Beim Anblick der Level-51-Schnappschildkröte stolpern sie erschrocken zurück, doch ich muss ihnen hoch anrechnen, dass sie dabei nicht das kleinste Geräusch machen. Mit meinen Magiefäden übernehme ich die Steuerung und Turtle rammt aus dem Stand gegen den Stein. Es knirscht und knackt, dann bricht auf der anderen Seite etwas und der Zugang öffnet sich. Die Öffnung ist zu klein für meine Puppe, aber sie hat ihre Schuldigkeit auch erst einmal getan.

»Herr, darf ich fragen, woher und wohin Ihr alles nehmt und tut?« Necla sieht mich aufmerksam an, doch findet sie kein sichtbares Inventar.

»Nein, aber du kennst doch sicherlich Beutel, die innen viel größer sind als außen, oder?«

»Ja, Herr, sie sind selten und teuer, da die Kunst nur wenigen Verzauberern aus Kordestan und Runenmeistern aus Albion bekannt ist, aber ich sehe solch einen Beutel nicht bei Euch.«

»Ich habe einen, aber kein Wort mehr darüber.«

Alle elf nicken ernst. Hoffen wir mal, dass sie niemals abtrünnig werden und mein Geheimnis bei ihnen gut aufgehoben ist. Drinnen bemerke ich einen zerbrochenen Holzbalken, mit dem die versteckte Steintür gesichert war. Necla begreift wie ich sofort, was das heißt: Jemand muss den Durchgang bewachen, damit der- oder diejenige ihn jederzeit öffnen kann. Sie gibt uns ein Zeichen, zu warten, und schleicht voraus. In der Zwischenzeit drücken wir die Tür wieder zu und legen den größeren Teil des Balkens so in seine Halterung, dass der Zugang verschlossen bleibt. Der Verschluss ist nicht so sicher wie zuvor, mit genug Kraft kann auch ein einzelner Mensch die Tür aufdrücken oder das Bruchstück fällt aus der Halterung heraus, aber besser können wir die Tür nicht sichern. Zumindest auf den ersten Blick ist hier nie jemand hindurchgekommen.

Rote Wache (2, anteilig).

»Herr, der Weg ist frei.«

Ich reiße mich aus der Betrachtung des Pop-ups und wir schleichen weiter, wobei die Mörderinnen darauf bestehen, mich zwischen sich gehen zu lassen. Die Schwertkämpferinnen teilen sich auf, sodass drei vorauslaufen und zwei das Ende unserer Gruppe absichern. Die drei Giftmischerinnen gehen neben mir, sowie die Bogenschützin. Die zwei Berserkerinnen übernehmen links und rechts die Seiten. Ein paar mehr Fernkämpferinnen, dazu ein oder zwei Zauberinnen würden unsere Party perfekt machen. Aber Wunschdenken bringt mich hier nicht weiter.

Es dauert nicht lange, bis wir eine Höhle entdecken, in der zwei Betten und mehrere Kisten mit Nahrungsmitteln und Lederschläuchen mit Wein stehen. Die Frauen bedienen sich am Essen, obwohl sie eben erst gegessen haben, doch außer einem fünften Schwert für die letzte Schwertkämpferin, findet sich nichts weiter von Interesse. Den Wein trinkt keine von ihnen, in ihrem geschwächten Zustand würde das unweigerlich zu einem Rausch führen, der uns das Leben kosten könnte. Zum Glück sind sie vernünftig genug, um das selbst einzusehen. Dennoch wird alles, was sich in den Kisten befindet, mitgenommen.

Kauend geht Necla vor, die anscheinend auch einige Fähigkeiten als Aufklärerin hat. Einen Weinschlauch hat sie sich auf den Rücken gebunden und ich muss nicht lange raten, um zu wissen, dass sie sich der Trunkenheit hingeben wird, sobald wir es nach draußen geschafft haben. »Ab hier wird es schlimm, Höhlengoblins, Schattenschleicher und anderes Böses lauert hinter dieser Tür.« Sie steht vor einer massiven Eisentür und hat die Hand auf den obersten der drei Querbalken aus Eisen gelegt. Selbst Turtle würde hier nicht hindurchbrechen können.

»Doch warum haben sie Heli hier heruntergeführt?«

»Ich kann es nur vermuten. Von meinem früheren Herrn weiß ich von einer speziellen Foltermethode. Hierbei werden Gefangene in Käfige gesteckt, die nur um eine Haaresbreite groß genug sind, dass die darin Gefangenen nicht von den Klauen der Goblins, die sich hier herumtreiben, erreicht werden können. Sollte der dort Eingesperrte jedoch einschlafen oder sich sonst wie rühren, wird er unweigerlich gepackt. Derjenige muss also absolut stillhalten, will er nicht die widerwärtigsten Seiten der Goblins kennenlernen.« Hier bricht sie ab und blickt in die Richtung zurück, aus der wir gekommen sind und wo die tote Greta in ihrer Zelle liegt. »Es ist eine fürchterliche Folter und es bricht den Geist zuverlässig. Viele grausame Herrscher setzen auf diese Art der Folter.«

»Los, wir dürfen nicht länger warten!« Mit klopfendem Herz treibe ich meine Mörderinnen an. Wir entriegeln die einen halben Meter dicke Tür, doch diese will sich kaum bewegen. Niemand wird hier so einfach durchbrechen, besonders mit den Runen, die in die Oberfläche geätzt sind, die die Widerstandsfähigkeit weiter erhöhen. Hinter uns schieben wir die Tür wieder zu und sie fügt sich nahtlos in die Wand ein. Ein Rumpeln ertönt und ich kann nur vermuten, dass die Riegel wieder in ihre alte Position gefallen sind. Ein Zurück gibt es somit nicht mehr. Ich ziehe Turtle und Bug heraus und steuere beide Puppen ebenso selbstverständlich gleichzeitig wie einige Motten. Vor uns öffnen sich drei Tunnel, die sich nach wenigen Metern weiter verzweigen. Es gibt Wege, die weiter nach unten führen und dank meiner Karte erkenne ich den Beginn eines Labyrinths. Ohne einen Führer sind wir wahrscheinlich aufgeschmissen, doch diejenigen, die hier unten ihr Unwesen treiben, haben Leuchtkristalle als Lampen in die Decke von einem der Tunnel gesetzt. Ich muss also nicht raten, wo es langgeht. Gemeinsam laufen wir los, die Waffen kampfbereit nach außen gerichtet.

Ein Schattenschleicher, eine Art Salamander, drei Meter lang und nicht vom Untergrund zu unterscheiden, stürzt sich dennoch keine fünfzig Meter weiter auf Bug, ohne dass wir ihn vorher entdeckt hätten. Mit einem Bissen schluckt er meine Puppe herunter. Sol, die Berserkerin zu meiner Rechten, stürzt sich mit ihrem Dolch auf den Mob, doch ist sie nicht so schnell wie ich mit Turtle. Die Schnappschildkröte beißt dem Salamander in den Hals und reißt ihm genug Fleisch aus dem Körper, dass er in Sekunden tot ist. Bug flutscht sogar aus der Wunde wieder heraus.

Schattenschleicher (1).

Sol hatte nicht einmal die Chance, auf den Mob einzuschlagen. Alle sehen mich mit ganz neuen Augen an, haben sie doch bisher mit einem Würstchen als Herrn gerechnet. Selbst das Aufbrechen der Tür mit Turtle hatte nur kurzzeitig für Verwunderung gesorgt.

Ich bin so vertieft in meine selbstzufriedenen Betrachtungen, dass mich das Folgende völlig unvorbereitet trifft. Ein weiterer Schattenschleicher lässt sich von der Decke fallen und diesmal bin ich das Ziel. Er landet auf meinem Rücken, der sofort wie Feuer brennt.

Debuff: Säurelähmung, Dauer: 20 Sekunden,
Wirkung: absolute Paralyse.

Necla und Kore reagieren zuerst. Die Attentäterin wirft ihren Dolch so, dass er durch das Auge in das Hirn des Reptils eindringt und die Schwertkämpferin köpft den Schattenschleicher kurzerhand.

Schattenschleicher (1, anteilig).

Beide zerren den Mob von mir herunter und Necla zögert nur zwei Sekunden, bis sie sich fluchend den Weinschlauch vom Rücken zieht, das eine Ende öffnet und mir den Rücken abwäscht. Gleichzeitig mit dem Ende des Debuffs lässt das Brennen der Säure nach. Endlich kann ich mich wieder rühren und heile mich rasch. Das war knapp, lediglich zehn Gesundheitspunkte hatte ich am Ende übrig.

»Erinnert mich daran, nicht zu selbstgefällig zu werden«, murmele ich zu niemand Bestimmtem.

»Ja, Herr«, schallt es dafür unisono zurück und ich meine, ein Lächeln in der Hälfte der Stimmen zu hören.

Weiter geht es, und wir alle sind ab jetzt doppelt aufmerksam. Dank Turtle, die ich nun vorausschicke, konzentrieren sich die Angriffe auf sie und wir können einen Schattenschleicher nach dem anderen aus sicherer Entfernung ausschalten. Dalili, meine Bogenschützin, geht auch mit einer Armbrust so routiniert um, als wenn sie nie etwas anderes im Leben getan hätte. Nach jedem erfolgreichen Angriff holt sie sich anschließend die Bolzen zurück, um ihre Feuerkraft zu erhalten. Ich sammle dafür die Schattenschleicher ein und stecke sie in meinen Speicher.

Dank meiner Gefolgsleute klettert auch mein Fortschritt – langsam, aber beständig. So schlimm kommt es mir hier in dem Höhlensystem unter dem Palast gar nicht vor. Mich wundert es lediglich, dass die

Mobs so nah am Herrschersitz geduldet werden. Ich befrage Necla deswegen.

»Die Alptraumhöhlen erstrecken sich meilenweit in die Tiefe. Frühere Herrscher haben ganze Armeen hier heruntergeschickt, doch je tiefer sie vordrangen, desto stärker wurden die Gegner. Selten kamen mehr als zehn von eintausend Soldaten zurück. Warum die Nuv ausgerechnet hier ihren Turm errichtet haben, weiß niemand. Vielleicht haben sie aber auch selbst mit einem Zauber die Höhlen angelegt und die Mobs erst angezogen. Wer weiß schon, was das geheimnisvolle Volk im Sinn hatte? Aber wegen des Turms steht der Palast hier. Irgendwann muss ein Malik von Pers beschlossen haben, dass es besser ist, das Höhlensystem insgesamt zu versiegeln und allenfalls besondere Gefangene dort zu foltern, statt die Mobs zu beseitigen.«

»Und das Höhlensystem hat noch einen anderen Ausgang?«

»Es hat Hunderte Ausgänge rund um Bexda, teilweise reichen die Tunnel Hunderte Persanmeilen weit. Die Armeen damals führten Kartographen mit, die die Höhlen bis zu einer Tiefe von fünf Meilen kartiert haben. Ich weiß von zwei Tunneln, die in Bexda in schwer bewachten Gebäuden enden. Aber die werden wir nicht nutzen. Es gibt noch ein deaktiviertes Portal, ähnlich einem Reiseportal. Als ich damals ausgeschickt wurde, den Malik zu töten, konnte ich dank eines

Talismans das Portal aktivieren und direkt anwählen. Unsere Chancen stehen gut, dass der Talisman noch im Versteck liegt und wir mit seiner Hilfe hier herauskommen. Zumindest war das mein Plan, damals für die Flucht nach dem Attentat und ich habe nie jemandem verraten, wie ich in den Palast eindringen konnte.«

Ich will mir gar nicht ausmalen, wie groß das Höhlensystem sein muss, später könnte es jedoch ein guter Ort sein, um hochrangige Mobs zu finden und in Puppen zu verwandeln. Ich muss nur den Mut dazu aufbringen. Aber so weit laufen wir jetzt nicht. Wir bleiben auf der obersten Ebene und durchqueren zwei Dutzend Höhlen, deren Bewohner bereits von anderen ausgelichtet wurden, was uns das Vorankommen erleichtert. Dank der Kristalle, die wie Leuchtfeuer in der Dunkelheit strahlen, verirren wir uns nicht.

Vor der letzten Höhle bleiben wir stehen. Stimmen und das Krakeelen von Goblins lässt uns zuerst vorsichtig hineinspähen. Die eine Hälfte ist mit Eisengittern vom Rest der Höhle und dem Ausgang abgetrennt, dort sind die aufgeregten Goblins die durch ihren Bereich der Höhle springen und immer wieder am massiven Eisenkäfig rütteln der dort steht. Darin wiederum hockt eine vollkommen nackte Heli, eben noch außerhalb der Reichweite der zwanzig Höhlengoblins, die nach ihr greifen wollen. Die Männer in Soldatenuniform auf unserer, der sicheren

Seite der Höhle, sind mir unbekannt, aber den Neffen des Maliks erkenne ich sofort.

»Rede mit mir, Weib, oder ich werde die Goblins in deinen Käfig lassen!«, brüllt Aras Ksersa wütend.

»Schlaf lieber nicht ein, wenn du umfällst, können sie dich packen und zum Rand ziehen. Was sie dann mit dir tun, willst du lieber nicht erleben«, schreit ein anderer.

»Dalili, schalte die beiden Männer rechts und links aus, aber verschone vorerst den in den roten Samthosen in der Mitte.« In meiner flüsternden Stimme liegt eine Kälte, die selbst mich überrascht.

Meine Bogenschützin nickt, hebt ihre Armbrust und schießt – ein direkter Treffer ins Herz. Mit einer speziellen Bogenschützenfähigkeit spannt sie die Armbrust in weniger als zwei Sekunden erneut und bevor Aras sich umdrehen kann, ist auch der zweite Mann tot.

Rote Wache (2, anteilig).

»Mach jetzt keine falsche Bewegung, Aras. Ich würde gerade nichts lieber befehlen, als dich umbringen zu lassen, also gib mir keinen weiteren Grund dazu.«

»Raduan!«

»Raduan!«

Der erste Ausruf ist hasserfüllt, das zweite klingt deutlich glücklicher. Heli schwankt ganz kurz bei meinem Anblick, aber einer der Goblins bekommt ihr langes Haar zu packen und zerrt sie zu sich. Sie schreit laut auf und ich sehe rot. Ich werfe meinen letzten Dolch, verbinde noch im Flug alle fünf Magiefäden mit ihm, und er schießt mit der Wucht und Geschwindigkeit einer Kanonenkugel auf die Mobs zu. Ich brauche sieben Runden um den Käfig herum, um wirklich alle Mobs zu töten.

Höhlengoblins (20).

Level 9 Aristokrat erreicht, + 3 Skillpunkte,
-1 Level (an Prinz Tasso übertragen).

Level 16 Puppenspieler erreicht, +3 Skillpunkte.

Aras wird angesichts des Blutbades ganz blass. Ich renne an ihm vorbei und überlasse es meiner Truppe, ihn in Schach zu halten. Turtle zerbeißt die Gitterstäbe der Tür, um in den Bereich der Höhle zu kommen, in dem die Goblinleichen liegen. Anschließend ergeht es dem Käfig mit Heli genauso, auch wenn sie bei diesen dicken Eisenstäben mehrere Versuche braucht. Ich nehme Heli in die Arme und heile ihre blauen Flecke und die kleinen Schnittwunden.

»Ich wusste, du würdest mich retten, ich wusste es!« Sie lacht und weint gleichzeitig.

Ich wiege sie hin und her und sie beruhigt sich langsam. Die Worte sprudeln nur so aus ihr heraus, doch leider weiß sie selbst auch nicht, warum sie hierhergebracht wurde. »Necla, tu Aras weh, ich will Antworten, und zwar schnell. Warum hat er Heli entführt, wo ist mein Bruder Arian und was soll überhaupt der ganze Mist?«

Necla winkt den beiden Berserkerschwestern zu und Sol und Verda fesseln Aras, lassen dabei aber seinen linken Arm frei. Er witzelt noch, dass sie da etwas vergessen haben, bis er den Dolch sieht.

»Das wagt ihr nicht!«

Das Geräusch von einer Klinge, die Fleisch und Knochen zersäbelt, ertönt und zwei Schrecksekunden später gesellt sich ein schmerzvolles Kreischen dazu. Ich reiche Heli etwas zum Anziehen und drehe mich zu dem Spektakel um. Die beiden Schwestern fixieren den Aristokraten, sodass er seine Hand nicht bewegen kann, und Necla, die zuerst nur den ersten Teil des Mittelfingers abgeschnitten und dessen Länge damit dem Zeige- und Ringfinger angepasst hat, legt den Dolch auf alle drei mittleren Finger.

»Ich rede ja, ich rede ja!«, jammert Aras.

Necla jedoch achtet nicht auf seine Worte und nun sind, bis auf den Daumen, alle Finger so lang wie der kleine.

»Ich rede doch, verdammt!«, heult er. »Mein Vater ist nicht begeistert, dass die Kyros' in die Familie einheiraten. Ihr seid, verdammt nochmal, zu fruchtbar und würdet damit seinen Plänen schaden, die Blutlinie selbst weiterzuführen. Sobald die Ehe vollzogen ist, gibt es eine ganze Flut von Nachkommen und Vater kann es vergessen, sich selbst als Malik einzusetzen. Darum wollen wir die Hochzeit verhindern.«

»Und warum hast du dann Heli entführt? Das macht doch keinen Sinn.«

»Weil du sie liebst! Wir wollten, dass du randalierst, den Palast auf der Suche nach ihr auf den Kopf stellst, damit wir einen Vorwand haben, die ganze Familie Kyros zu diskreditieren!«

Kurz bleibt mir der Mund offen stehen bei ihren widerwärtigen Plänen, aber dann reiße ich mich zusammen. »Necla, sagt er die Wahrheit?«

Die Mörderin zuckt mit den Schultern und sieht dann zu den drei Giftmischerinnen.

»Wir können ein Wahrheitsserum brauen, doch das braucht Zeit, Zutaten und …«

Ich winke ab. »Schneide noch ein bisschen, ich will wissen, was er ausgelassen hat.«

»Was? Nein! Ich habe doch alles …« Der Rest geht in seinen Schmerzensschreien unter.

Ich habe kein Mitleid mit ihm. Ich lasse Necla bis zum Ellenbogen schneiden, zwischendurch heile ich ihn immer wieder so weit, dass er nicht an Blutverlust stirbt, dann macht sie mit der anderen Hand weiter. Keine aus meiner Mörderinnentruppe zeigt sich zimperlich, einige reden leise miteinander, andere schauen fasziniert zu. Selbst Heli, die als Spionin noch

Anfängerin ist, sieht grimmig auf das Schauspiel. Sie hat ihre ganz eigene Wut auf Aras und ich kann es ihr nicht verdenken.

Viel ist es aber nicht, was wir noch herausfinden. Malik Ariaram scheint von allem keine Ahnung zu haben. Die Männer der »Roten Wache«, die wir hier unten getötet haben, sind so etwas wie die Hauswache von Aras' Vater. Der würde seinen herrschenden Bruder nur zu gern selbst die Gurgel durchschneiden, doch ist der Malik gut geschützt. Somit wartet er also darauf, dass sein älterer Bruder eines natürlichen Todes stirbt, um anschließend seinen Sohn zu ermorden und den Thron zu erben. Arasch, der Malikan von Pers, ist nicht halb so gut geschützt wie sein Vater.

»Tötet ihn und sorgt dafür, dass Spuren zu den Mobs der tieferen Ebene führen. Ich will nicht verdächtigt werden, selbst wenn wir dem Malik einen Gefallen getan haben. Immerhin haben sie es auf seinen Sohn abgesehen.«

Aras' Panik ist ihm überdeutlich von den Augen abzulesen, doch sein Betteln lässt mich kalt. Necla zieht ihm mit einem besonders zufriedenen Gesichtsausdruck die Klinge über den Hals und lässt seinen Körper zu Boden fallen.

Aristokrat (1, anteilig).

Nun ist es offiziell, ich bin für den Tod eines Mitglieds der Familie des Maliks verantwortlich. Doch mehr als ein grimmiges Lächeln fällt mir dazu nicht ein. »Kennst du den Weg zum Portal?« Necla nickt. »Dann los. Und wir müssen uns noch eine Geschichte ausdenken, mit der ich in den Palast zurückkehren kann.«

Kapitel 15

Uns allen ist mulmig zumute, als es in die zweite Ebene der Höhlen hinabgeht. Während wir die Mobs oben noch fast im Vorbeilaufen erledigt haben, gehen wir nun deutlich umsichtiger vor. Kristalle, die in der oberen Ebene wahrscheinlich von der Roten Wache installiert wurden, gibt es hier unten nicht, dafür wächst fluoreszierendes Moos, das uns genug Licht spendet. Necla hält nach versteckten Monstern Ausschau und Dalili, die Bogenschützin mit den besten Augen, schwenkt ihre Armbrust immer wieder feuerbereit von links nach rechts, falls sie Gegner erspäht.

»Jetzt ist es nicht mehr weit, Malikan.« Statt »Herr« sprechen sie mich nun mit meinem Titel an, aber es war auch abzusehen, dass sie von Heli erfahren, wer ich wirklich bin.

Schattenschleicher (1, anteilig).

Höhlentrampel (3, anteilig).

Bei der letzten Meldung gehe ich nachschauen, was das ist. Doch diesmal liefert mir mein Analyseskill keine kurze Beschreibung.

»Das ist belebter Stein. Die Magie der Nuv wirkt hier unten und manchmal fährt ein Funke in den Felsboden und ein Golem erhebt sich. Sie sind langsam, haben weder Krallen noch Zähne, aber ein Schlag mit ihren riesigen Fäusten kann Knochen zertrümmern. Manche versuchen auch ihre Gegner zu umfangen und zerquetschen dabei die inneren Organe.« Necla hat meine Neugier bemerkt und erklärt mir alles. Jetzt weiß ich auch, warum mein Skill Bestienblick nicht angesprungen ist. Trotz des Namens handelt es sich nicht um ein Tier.

Ich packe die drei Höhlentrampel genauso ein wie den Schattenschleicher. Dank meines entwickelten Speichers stapeln sie sich problemlos. Genug Material für neue Puppen habe ich jetzt auf jeden Fall. Vielleicht lassen sie sich aber auch zerlegen und die Teile können von meinen Alchemistinnen verwendet werden.

Die Dichte an Mobs nimmt nach einer Weile ab und als wir eine kleine Höhle entdecken, die durch einen flimmernden Schild geschützt ist, sind wir da.

»Wie können wir den Magieschild passieren?« Ich deute nach vorn und auch alle anderen Frauen bleiben stehen, bis auf Necla, sie geht einfach hindurch.

»Er hält nur Mobs ab. Die Nuv haben einen geschützten Raum geschaffen, damit das Portal dahinter sicher ist!«, ruft sie.

Ein lautes Brüllen, viel zu nah, als uns lieb sein kann, lässt uns schleunigst durch den Schild treten. Auf der anderen Seite drehe ich mich um und erkenne eine in Schatten gehüllte Kreatur, deren Augen rot leuchten. Sie blickt auf einmal verwirrt hin und her, sucht uns anscheinend.

»Sie können uns nicht einmal sehen, aber ich rate Euch dringend, nicht die Hand hindurchzustrecken.« Necla steht auf einmal hinter mir und zieht meine Hand zurück. Huch, wann habe ich sie ausgestreckt?

Ich wirke eine Analyse und bekomme einen Eindruck vom Ausmaß des Schreckens, dem wir in letzter Sekunde entkommen sind.

Feuerbrut, Level 37.

Feuerbrut, die
Eine Feuerbrut ist ein Höhlenwesen, das sich in allen unterirdischen Kammern der Welt finden lässt. Durch ihre sechs Beine ist die Feuerbrut sehr schnell und agil und ihre vergifteten Zähne können einen Menschen mit geringer Abwehr in Sekunden töten. In verschiedenen Mythen heißt es, dass ein längst vergessenes Volk diese Chimären auf die Welt losgelassen hat, um seinen Kindern eine schnellere Entwicklung zu ermöglichen.

Entweder haben die Nuv nicht viel auf ihre Kinder gegeben oder aber sie waren uns in sämtlichen Attributen weit voraus. Ich würde niemals so ein Vieh als Gegner erschaffen, nur damit meine Nachkommen schneller leveln.

Ich wende mich vom Anblick der roten Augen ab. Viel mehr sehe ich auch nicht von dem Ding und dennoch gruselt mich schon allein seine Nähe.

Necla steht vor einem kleinen Metallbogen, kaum größer als ein Nebentor an einer Burg, und kratzt und stochert auf dem Boden davor mit ihrem Dolch herum. »Wenn er sich aktiviert, wird er ein Portal zu meinem Versteck öffnen, das für zehn Herzschläge offen bleibt. Berührt nicht die Kante, zögert nicht und vor allem lasst kein Körperteil auf dieser Seite, sonst wird es, wenn das Portal sich schließt, abgetrennt.«

Zeit für Fragen gibt es nicht. Ohne Vorwarnung summt das Metall, Blitze fahren über die Länge des Bogens und in der nächsten Sekunde wird Zeit und Raum neu angeordnet. Auf der anderen Seite sehe ich nur Dunkelheit und trotz der warnenden Worte, stürmt niemand voran. Niemand außer Necla.

»Eins … zwei …«, zählt sie herunter und ist schon hindurch. Von der anderen Seite kann ich sie weiter hören, »drei … vier …«

»Los rennt durch, sofort!«, brülle ich, als noch immer niemand Anstalten macht, sich zu rühren.

Heli ist die Nächste, dann folgen auch endlich die anderen. Bei »neun« haste ich als Letzter hindurch und hinter mir schließt sich das Portal mit einem zischenden Geräusch. Wir stehen in absoluter Schwärze und nur dank meiner Dunkelsicht schälen sich nach und nach die Wände einer winzigen Höhle aus der Finsternis. Kurz darauf kann ich auch ein dunkles Grau ausmachen. Dort geht es vielleicht hinaus. Auf dem Boden, knapp hinter mir, liegt ein geschmolzenes Medaillon. Ich hebe es auf. Das muss der Talisman sein, der unser Ankerpunkt war. Das Metall strahlt noch immer Wärme aus. Nur die Runen darauf sind zerlaufen und haben die Magie in sich zerstört. Mit ein wenig mehr Licht kann ich möglicherweise die eine oder andere davon rekonstruieren und so stecke ich es ein.

»Malikan, hier geht es hinaus.« Necla steht neben mir und tastet sich an der Wand entlang. Mit der anderen Hand zieht sie mich hinter sich her. Heli greift meine Linke und im Nu haben wir eine Kette gebildet. Anscheinend hat niemand außer mir den Skill Dunkelsicht.

Der Weg führt nicht weit, höchstens einhundert Meter in engen Windungen, weswegen das Licht nicht bis zu uns vordringen konnte. Am frühen Nachmittag stehen wir in einem lichten Wald. Buchen wachsen wirklich überall, selbst hier sind sie die vorherrschende Baumart. Dafür haben sie nicht selten große Mulmhöhlen, in die sogar ein Mensch kriechen könnte. In Druyensee hatten die Buchen keine derartigen Löcher im lebenden Stamm.

Ich höre ein Knacken hinter mir und drehe mich um. Alle elf Mörderinnen stehen da, rühren sich nicht vom Fleck und warten auf meine Anweisungen. Nur Heli folgt mir auf dem Fuße. Glaube ich zuerst, sie tut es, weil sie Angst hat, muss ich diese Einschätzung rasch revidieren. So grimmig wie sie nach Feinden Ausschau hält, bleibt sie eher an meiner Seite, um meinen schwachen Körper zu schützen. Ich räuspere mich. »Gut, wir sind draußen. Necla, ich danke dir dafür, dass du dein Versprechen gehalten hast, mich zu Heli zu führen und uns alle zu retten. Meine Pflichten liegen im Palast und ich muss mit meiner Dienerin dahin zurück. Leider kann ich euch nicht mitnehmen.«

»Wir können uns um uns selbst kümmern, Malikan. Wir werden in Bexda auf Euch warten, bis Ihr uns braucht.« Necla hat das Wort ergriffen, die anderen nicken stumm.

»Werdet ihr dort nicht zuerst gesucht?«

»Bexda ist eine riesige Stadt, in der täglich Abertausende Reisende kommen und gehen. Ich kenne einige Leute, die mir noch einen Gefallen schuldig sind. Wir werden uns ein Haus nehmen und uns dort unauffällig einrichten.«

»Entweder weißt du genau, was du sagst, oder du bist wahnsinnig, aber ich kann keine Spur von Unsicherheit in deiner Stimme erkennen.« Necla lächelt nur grimmig zur Antwort. »Also gut, ich habe noch ein wenig Geld bei mir, damit solltet ihr für eine Weile auskommen und alles besorgen können, was ihr braucht – neue Ausrüstung, Waffen. Rahila, als ranghöchste Alchemistin bekommst du Extrageld, um ein Labor einzurichten. Sieh zu, dass ihr einerseits euer Giftarsenal aufbaut, und du andererseits nützliche Sachen braust, um euch zu finanzieren. Und findet irgendwie einen Weg, die Halsbänder loszuwerden.«

Ich drücke erst Necla zwei Goldtaler und zwanzig Silberstücke in die Hand und dann Rahila eine Handvoll Perlen. Sie keucht auf, als sie die schimmernden Perlen sieht und auch alle anderen bekommen große Augen.

»Malikan, das ist ein Vermögen wert, ich werde nur die beste Laborausstattung kaufen.« Rahila verbeugt sich. Trotz ihrer jungen Jahre, sie ist vielleicht dreißig, eher jünger, hat sie die höchste Stufe unter den Alchemistinnen in meiner Truppe. Sie muss sehr begabt sein, wenn sie in weniger Jahren alle anderen überflügeln konnte. Bei Gelegenheit will ich von allen die Geschichte erfahren, vor allem, wie sie im Kerker gelandet sind. Nun aber sehe ich ein letztes Mal in Rahilas tiefgrüne Augen und wende mich dann ab.

»Ich weiß nicht, wie ihr mich im Palast kontaktieren könnt, ohne dass es auffällt. Geht kein Risiko ein, lieber höre ich nichts von euch, als dass ihr erneut im Kerker landet. Notfalls reist ihr mir nach der Hochzeit meiner Schwester nach Eiban hinterher. Necla hat das Kommando, solange ich nicht erreichbar bin.«

• • •

Zurück zur Stadt ist es nicht weit. So ein Talisman hat nur eine begrenzte Reichweite, um sich in das Portal unter dem Palast einzuhacken, oder wie auch immer das magische Äquivalent dazu heißt, und so erreichen wir nach einem kurzen Stück Weg im Wald schon die Baumlinie.

Necla führt hier die anderen Mörderinnen nach links davon und direkt auf den Fluss zu. Sie werden sich später weiter aufteilen, einige werden mit ihr von Osten her in die Stadt einreisen, entweder durch die großen Tore oder mit einem Boot, andere werden dagegen von der Westseite kommen. Nur von Norden oder Süden werden sie die Stadt nicht betreten. Necla erklärt mir eindringlich, dass die beiden Tore besonders stark kontrolliert werden: der Norden, da dort der Palast und das Reiseportal stehen, und der Süden, weil die kostbarsten Güter aus dem Süden in die Stadt gebracht werden und der Zoll ein besonderes Auge auf alles hat.

Mir kommt es ganz gelegen, dass das Nordtor unter so starker Bewachung steht, dann werde ich hoffentlich bald entdeckt und wieder im Palast sein.

»Passt gut auf Euch auf, Malikan. Pers ist zwar ein sicheres Land, die Soldaten sorgen für störungsfreies Reisen, aber man kann nie wissen und …«

»Ist schon gut, Necla. Ich habe Turtle dabei und Heli ist nicht nur eine einfache Dienerin. Wir kommen zurecht, pass du mir immer auf meine Mörderinnenbande auf.«

Mittlerweile hat sich ›Mörderinnenbande‹ als Name für die Truppe etabliert und alle elf heben stolz das Kinn, als ich sie so nenne. Streng genommen sind nicht alle von ihnen Mörderinnen, immerhin sind gerade die Schwertkämpferinnen früher Leibwachen für hochrangige Töchter und Ehefrauen des Adels gewesen, aber nun gut, keiner mag Haarspalter. Ich sehe ihnen noch eine Minute hinterher, dann stupst Heli mich an.

»Wir sollten auch bald weiter, es wird sonst immer schwerer zu erklären, wo wir so lange waren.«

Ich nicke und so marschieren wir in großem Abstand zur Stadt nach Norden. Wie so häufig bestellen auch hier Bauern rund um die Stadt das Land. Ihre Häuser befinden sich zwar außerhalb der sicheren Wallanlagen, aber wenn die Soldaten tatsächlich in diesem Land für Sicherheit sorgen, sollten sie unbehelligt bleiben.

»Wie schützen die Reiche sich eigentlich vor Armeen, die über ein Reiseportal in eine Stadt einfallen wollen?«, frage ich Heli.

»Jedes Portal ist mit einem Schutzschild versehen, der in wenigen Augenblicken aufgebaut ist. Beamte und Soldaten stehen immer bereit, um, sollten sie den Einfall einer Armee bemerken, den Schutz zu aktivieren. Wenn Reisende nicht ungehindert aus einem Portal treten können, sondern im Strudel des Portals steckenbleiben, sind sie innerhalb kürzester Zeit tot.«

So ist das also … Das würde auch die Paranoia des früheren Raduan, und warum er von seiner Familie gezwungen werden musste, per Portal zu reisen, erklären. So unbedarft wie ich reist wohl nur einer, der von all dem keine Ahnung hat.

Auf unserem schmalen Feldweg, der gerade einmal Platz für einen Fuhrwagen bietet, laufen Heli und ich zwischen zwei Weizenfeldern. Die Ähren sind noch grün, auch wenn einige langsam eine gelbliche Farbe annehmen und es bis zur Ernte also nicht mehr lange dauern dürfte. Der Wind streicht über die Halme und die wellenförmigen Bewegungen haben etwas Beruhigendes. Ein wenig erinnert mich das an das Rauschen des Meeres. Was mache ich eigentlich hier? Wäre dies nicht *die* Gelegenheit, um mit Heli abzuhauen, uns in weiter Ferne ein Heim zu suchen und Politik und Intrigen anderen zu überlassen?

Hufgeklapper ertönt hinter mir und ich weiß, es ist zu spät. Für eine Sekunde war alles so friedlich und ich war drauf und dran, mich bei Ibris für das zweite Leben zu bedanken und mich aus dem Wettkampf herauszuziehen

»Raduan, es sind Soldaten«, flüstert Heli.

»Wer sollte uns auch sonst hier stören«, raune ich ebenso leise zurück. Ich drehe mich um und sehe drei Reiter auf uns zukommen. Sie traben nicht einmal richtig und dennoch kommen sie rasch näher.

Ihre Reitersäbel stecken noch in den Scheiden, die Bögen hängen griffbereit am Sattel.

»Halt, im Namen Malik Ariarams, was tut Ihr auf seinem Land?« Der Anführer der drei spricht, sobald er nah genug bei uns ist.

Ich klopfe mir den Staub von der Hose, nach der Wanderung, erst durch die Höhlen und nun auf dem staubigen Weg, sehe ich nicht gerade vorzeigbar aus. Zudem hat der Angriff des Schattenschleichers meine Kleidung ruiniert. Auch wenn ich das Hemd ausgetauscht habe, hat seine Säure alles andere angegriffen. Heli, die ebenfalls Männerkleidung trägt, sieht zwar sauberer aus, aber auch nicht unbedingt so, als würde sie aus einem herrschaftlichen Umfeld stammen.

»Ich bin Malikan Raduan und Gast von Malik Ariaram. Letzte Nacht wurden ich und meine Dienerin von Unbekannten ergriffen und aus dem Palast entführt, doch wir konnten entkommen. Bringt mich sofort zurück in die Stadt.« Ich spreche mit genug Arroganz, dass jeder mir den Herrschersohn abnehmen muss. Doch statt sich vor mir zu verbeugen oder zumindest ein Pferd anzubieten, ziehen sie ihre Waffen. Das ist eine Wendung, mit der ich nicht gerechnet habe.

Heli stellt sich schützend vor mich und hat ihren Dolch in der Hand. Doch gegen drei Reiter auf ihren Pferden hat sie keine Chance, bei dem Levelunterschied schon gar nicht. Mein Analyseskill informiert mich, dass sie auf einem Level weit über zwanzig sind, Heli hat dagegen nicht einmal das zehnte Level erreicht.

Ich bin drauf und dran Turtle zu aktivieren, da mischt sich mein Skill Hofpolitik ein. Die Männer handeln nicht feindlich, also nicht gegen mich persönlich, sie führen nur Befehle aus und sie wollen uns lediglich gefangen nehmen und nicht ermorden.

»Lass gut sein, Heli, wenn der große Herrscher Malik Ariaram unsere Festnahme befohlen hat, werden wir uns fügen.«

Diese Worte verwundern allerdings die drei Reiter, die ihre Gesichter aber bemerkenswert schnell wieder unter Kontrolle haben. Sie stecken sogar ihre Waffen weg, auch wenn sie weiter auf der Hut sind.

»Fuad, reite zum Tor und berichte, dass wir den Malikan und seine Dienerin gefunden haben. Sie sollen uns eine Reiterschar zur Unterstützung schicken. Malikan, Ihr werdet bei mir reiten, Eure Dienerin auf dem zweiten Pferd.«

Der Angesprochene wendet sein Pferd auf den Hinterbeinen und stürmt querfeldein über die Felder davon. Die Bauern werden sich für den dabei zertrampelten Weizen bedanken. Aber ich bin ebenso unzufrieden. »Nein!«

»Nein?«

»Heli wird nicht mit auf dem Pferd eines fremden Mannes reiten, das ziemt sich nicht für meine Dienerin.«

Einerseits will ich nicht, dass er sie betatscht und zum zweiten muss ich schließlich meiner Rolle als liebestoller Bursche gerecht werden.

»Wir haben aber sonst keine Reittiere, Malikan.«

»Dann reitet ihr zwei auf einem Pferd und wir halten es genauso. Ihr hättet euren Kameraden ausrichten lassen sollen, dass sie Extrapferde mitbringen.« Ich stelle mich stur und der Soldat weiß nicht weiter. Einerseits will er nicht hier herumstehen, andererseits ist es nie gut, einen Adligen respektlos zu behandeln – Gefangennahme hin oder her.

Gelöst wird das Dilemma, als zwei Dutzend Reiter auf uns zu galoppiert kommen und diese sogar zwei reiterlose Pferde mit sich führen. Anscheinend denkt hier doch jemand mit.

Kapitel 16

In meinem Zimmer laufe ich unruhig auf und ab. Die Tür ist fest versperrt und wenn ich etwas will, muss ich klopfen, damit die Wachen vor der Suite mich hören. Heli ist sonst wo untergebracht und ich hoffe wirklich, dass ihr kein Leid geschieht. Weder durfte meine Mutter mich sehen, noch weiß ich, ob mein Bruder wieder aufgetaucht ist.

Was Informationen angeht, sitze ich auf dem Trockenen, aber das muss ja nicht so bleiben. Meine Motte in der Kammer des Spions ist noch da und ich stelle als Erstes fest, dass es einen neuen Mann gibt, der mich überwacht. Er beobachtet jede meiner Regungen und notiert sich sogar anhand einer Strichliste, wie oft ich hin und her laufe. Vielleicht kann es nicht schaden, schon ein paar der Informationsbrocken auszustreuen.

»Erst werde ich nachts mit Heli entführt und als ob das nicht schlimm genug ist, werde ich wie ein Übeltäter behandelt.« Ich weiß, wie albern es erscheinen muss, dass ich hier wie in einem Schmierentheater vor mich hinrede, aber über die Motte sehe ich, wie der Spion unbeirrt jedes Wort mitschreibt. Ich beschwere mich noch ein bisschen mehr, er muss ja etwas zu tun haben, bevor ich wieder handfestere Informationen streue. »Wie soll ich denn beweisen, dass ich entführt wurde? Bin ich ein Magier oder was?« Dabei stecke ich meine Hände in die Hosentasche und greife auf meinen Speicher zu. Als ich in gespielter Empörung die Fäuste wieder herausreiße, schlittert der zerstörte Talisman unter das Bett. Ja, der Spion ist darauf angesprungen. Er notiert sich, dass irgendetwas von mir unbemerkt unters Bett gerutscht ist, und kreist die Bemerkung mit seiner Feder sogar ein.

»Ich schlafe friedlich und auf einmal wache ich außerhalb der Stadt auf, nur Heli in meinen Armen. Das glaubt mir der Malik Ariaram doch nie im Leben.« Ich raufe mir die Haare und fluche noch ein wenig. »Aber es ist so, da kann er alle Folterknechte auf einmal schicken, ohne dass es etwas ändert.« Diesmal muss ich meine Stimme und Gesichtszüge nicht vortäuschen, ich brauche nur an die Folterkammern tief unter dem Palast zu denken und was mir dort blühen könnte.

Ich greife nach der Kanne mit kaltem Tee und gieße mir ein. Zeitgleich beobachte ich mit einem Auge, wie der Spion immer hektischer schreibt und ich lese sogar, wie er erste Vermutungen anstellt, wie meine Entführung stattgefunden haben könnte. Erneut wiederholt er, wie dringend es sei, dass ich zumindest kurzfristig den Raum verlasse, damit jemand nachschauen kann, was da unter mein Bett gerollt ist.

•••

Ich wälze mich unruhig in meinem Bett hin und her. Weder wurde ich hinausgeschickt noch sind Diener gekommen, um meine Räume zu putzen. Möglicherweise wurden die Berichte des Spions noch nicht gelesen oder sie glauben ihm nicht. Vielleicht haben sie aber auch meine schlechte Darbietung durchschaut und wollen mich ein bisschen schmoren lassen. Immer wieder muss ich mich davon abhalten, mein Bettzeug so zu drapieren, dass ich in Spider unbemerkt auf Erkundungstour gehen kann. Doch das Risiko ist einfach zu hoch. Was, wenn der große Malik mich genau jetzt verhören will? Dass er bis spät in die Nacht arbeitet, weiß ich ja. Warum haben sie den Talisman noch nicht geholt? Wie leicht wäre es gewesen, zum Beispiel einen Krug auf dem Boden zerbrechen zu lassen und die Splitter bis unter meinem Bett zu suchen. Aber bisher ist nur ein alter Mann gekommen, der mir Essen brachte, und das mit so schwerem Rheuma, dass er kaum seine Finger rühren konnte. Soll ich den Talisman unter dem Bett ein wenig hervorholen? Es muss ja nicht viel sein, nur eben so, dass der Nächste, der zu mir hereinkommt, ihn sieht und aufhebt. Ich drehe mich nach links und rechts, mime einen unruhigen Schlaf und murmele ein paar unverständliche Worte. Ich muss nicht einmal theatralisch aus dem Bett fallen, um mein Vorhaben umzusetzen. Eine Wespe, die unters Bett krabbelt und das kleine Stück Metall nach vorne schiebt, würde reichen. Über meine Motte versichere ich mich, dass der Spion nicht allzu aufmerksam ist. Er gähnt zu dieser späten Stunde ohne Unterlass, immerhin sitzt er schon den ganzen Tag einsam in seiner Kammer. Ich will gar nicht wissen, wie schlecht die Luft da drin ist.

Als er wieder einmal den Mund aufreißt, den Kopf in den Nacken legt und die Arme links und rechts ausstreckt, dass seine Gelenke knacken, werfe ich rasch eine Wespe unters Bett, die ich sogleich nach hinten krabbeln lasse. Über diesen ersten Schritt schon mal recht zufrieden, wickele ich mich fester in die Decke. Der Spion ist beim knarzenden Bett zwar aufgeschreckt, doch nun lehnt er sich zurück und linst nur noch mit einem Auge auf die Projektion vom Schlafzimmer. Das Bild ist dunkel, Einzelheiten sind nur schwer zu erkennen. Tja, eine Nachtsichtkamera wäre jetzt nützlich.

Meine Wespe krabbelt tiefer unter das Bett und ich suche den Talisman. Eine Nachtsichtbrille wäre auch für mich nicht schlecht. Die Puppe stammt von einem tagaktiven Tier, ihre Augen nützen jetzt nicht viel. Aber meine Motte wäre für diese Arbeit zu schwach. Hätte ich doch bloß meine Raubwanze schon präpariert. Plötzlich wird die Tür meiner Suite geöffnet und ich höre das Getrampel zweier Personen. Sie halten helle Lampen in den Händen, mit denen sie genug Licht in meinem Schlafzimmer verbreiten. Dank ihnen sehe ich nun mit einem Blick, dass der Talisman verschwunden ist. Außer meiner Wespe und ein paar Staubflusen ist nichts unter dem Bett.

»Malikan Raduan, der große Herrscher von Pers möchte Euch sofort sehen.«

Ich lasse die Wespe zum Lattenrost hochspringen und sich dort festklammern. Sie unauffällig in meinen Speicher zurückzubringen, ist bei diesen sich aufmerksam umschauenden Soldaten keine Option.

»Malikan!«

»Was ist los?«, flüstere ich heiser und blinzele in das Licht.

»Anziehen, Malik Ariaram will Euch sprechen, jetzt!«

»Brüll doch nicht so.« Ich halte mir die Ohren zu, doch will ich die Geduld der zwei Soldaten nicht überstrapazieren. Wenn ich es recht bedenke und mir ihre Rüstung ansehe, gehören sie wohl eher der Garde an. Sie tragen dicke Hosen und Westen, die nur auf den ersten Blick Stoff ähneln, aber tatsächlich aus gewebtem Metall gemacht sind. Von meinem Privatlehrer weiß ich, dass eine solche Rüstung mehr kostet als der Unterhalt einer Kavallerieeinheit von hundert Reitern über ein Jahrzehnt. Dabei hält solch eine Rüstung maximal ein Dienstleben, vielleicht zwei, wenn ihr Träger hauptsächlich herumsteht.

»Lasst mich noch rasch etwas anziehen, ich kann doch nicht im Schlafanzug zum Malik!« Der rechte Gardist nimmt seine Pranke von meiner Schulter und ich gehe in den Ankleideraum. »Ohne meine Dienerin wird das dauern«, warne ich die Männer.

Wie es sich für einen echten Adligen gehört, tue ich mich mit Absicht schwerer als nötig mit dem Ankleiden. Eigentlich ziemt es sich nicht, dass ich solche niederen Tätigkeiten selbst ausführe, und ich kann hier nicht mit Routine vorgehen. Am Ende lässt sich einer der Männer dazu herab, mir die Schnallen festzuziehen, zwei Knöpfe zu schließen und drei Schleifen zu binden. Geht doch, warum nicht gleich so? Ich unterdrücke ein zufriedenes Lächeln, habe ich doch nun meinen Stand zur Genüge demonstriert, und folge den beiden.

Es geht den Flur entlang, einmal um die Ecke, dann erneut zweihundert Meter mehr oder weniger geradeaus und schließlich nach rechts. Wenn mich mein Eindruck nicht täuscht, stehen deutlich mehr Soldaten hier herum als zuvor und ihre rotgeränderten Augen zeugen von einigen Überstunden. Außerdem wurden tragbare Lampen aufgehängt, die noch die letzten schattigen Ecken ausleuchten. Dafür fehlen etliche Wandvorhänge und nur die zahlreichen Statuen, die wohl die Vorfahren des Hauses darstellen, befinden sich weiterhin an ihren Plätzen.

Der Übergang vom Palast zum Turm ist geschickt gemacht. Einerseits sind die Steine des Palastes hier nach der Art des Turms übereinandergesetzt und dazu größer, fast einen Meter breit und einen halben Meter hoch, doch die Grundstruktur des Turms konnten oder wollten sie nicht anrühren. Wo hat ein normaler Turm seine Zugänge? Genau, im Erdgeschoss, und als die Nuv ihr Gebäude erbauten, gab es ja keinen Palast. Nun befinden wir uns aber an die sechzig Meter in der Höhe also haben die Architekten einfach einen Balkon abgetragen und wir gehen durch eine ehemalige Balkontür in den Turm. Ein netter Nebeneffekt ist, dass, sollte eine feindliche Armee bis hierher vordringen, der schmale Zugang von zwei, maximal drei Männern gehalten werden könnte.

Im eigentlichen Turm beginnt die Tortur: Treppen, sehr, sehr viele davon. Und aus irgendeinem Grund gönnen sie mir diesmal keinen Aufzug.

Entweder sind die beiden Gardisten vorgewarnt, was meine geringe Kraft angeht, oder sie sind hier, im Herzstück des Reiches, einem Adligen gegenüber höflicher. Auf jeden Fall treiben sie mich nicht stärker zur Eile an und kürzen meine Pausen nicht übermäßig ab. Der Schweiß läuft mir aber auch so in Strömen und meine Beine knicken mehrfach einfach ein und verlangen mittlerweile nicht nur auf den Treppenabsätzen nach einer Rast.

Dann endlich, nach einer gefühlten Ewigkeit, erreichen wir das Stockwerk des Maliks, leicht zu erkennen an dem goldenen Emblem über der Tür und den vier Gardisten davor. Einer von ihnen muss auch ein Tierbändiger sein, immerhin führt er einen Hund bei sich. Das glaube ich jedenfalls, bis mich mein Skill Bestienblick eines Besseren belehrt.

Giftmungo, Level 31.

Giftmungo, der
Dieses seltene Tier aus dem tiefen Osten besitzt nicht nur das gefährlichste Gift aller Säugetiere, sondern auch einen unbändigen Stolz darauf. Sollte seine feine Nase ein weniger potentes Gift erschnüffeln, wird er sein spöttisches, kehliges Bellen ertönen lassen. Doch Achtung: Mehr als ein Herrscher starb, weil der Giftmungo bei einem potenteren Gift als seinem eigenen vor Furcht zur Salzsäule erstarrte.

Der Tierbändiger kennt diese Eigenart natürlich und sobald der Giftmungo mir seine Schnauze entgegengehalten hat, tätschelt er ihm den Kopf. Erst als das Tier zu seinem Herrchen aufschaut und offensichtlich nicht vor Schreck erstarrt ist, lässt uns die Garde hindurch.

Es geht durch ein Zimmer, das eher wie eine Verteidigungsbastion aussieht. Schwere Eisentore sind links und rechts in die Wände eingelassen, um bei Bedarf zugezogen und mit bereitliegenden Eisenbalken gesichert zu werden. Gleich zehn Gardisten wachen hier am Eingang des Turmes. Zwar gibt es für sie Sitzgelegenheiten, sodass sie nicht die ganze Zeit stehen müssen, aber ihre Waffen haben sie nicht abgelegt. Im Fall eines Falles könnten sie in Sekunden auf den Beinen und kampfbereit sein. Entweder ist der Malik völlig paranoid, was ich glaube, oder ein Coup d'État ist nie weit entfernt. Wenn ich Aras' Worten glauben kann, trachtet ihm die eigene Familie nach dem Leben und wahrscheinlich hält nur diese Paranoia den Malik überhaupt am Leben und an der Macht.

Bevor ich diesmal die nächste Tür durchschreiten darf, werde ich mit irgendwelchen kristallbewehrten Artefakten überprüft. Eins leuchtet auf, zwei nicht und alle scheinen zufrieden zu sein. Innerlich kann ich nur mit den Schultern zucken.

Aus dem Raum heraus treten wir in den Flur, der im Kreis verläuft und der dem im Turm in Druyensee ähnelt, nur dass dieser hier breiter und länger ist. Links gehen die Räume zum Inneren ab, aber alle Türen sind geschlossen, rechts dagegen sind manche geöffnet, und ich kann in sie hinein und aus dem Fenster in den Himmel schauen.

Dem größeren Umfang des Baus entspricht auch ein weiterer Weg und so wird das hier eine kleine Wanderung, um auf die gegenüberliegende Seite zu gelangen, wo sich die Arbeitsräume und Privatgemächer des Maliks befinden. Gardisten stehen sich hier in regelmäßigen Abständen die Beine in den Bauch, aber es gibt dazu noch eine Vielzahl von Leibdienern. An einer Stelle kommen uns drei Magier entgegen, die anscheinend hier leben. Ich vermute es zumindest, da sie nicht so aussehen, als wenn sie aus einem bestimmten Grund hier unterwegs wären, sondern entspannt den Flur entlangschlendern.

Als wir dann aber einem Kind von höchstens fünf Jahren begegnen, kann ich mir endgültig nicht mehr erklären, warum diese abgeschottete Welt im Turm existiert. Sollte die Etage des Maliks nicht irgendwie isolierter sein, sodass nur hohe Regierungsbeamte, denen er vollkommen vertraut, hier hineindürfen? Der Gardist, der vorausläuft, stöhnt beim Anblick des Kindes genervt auf.

»Peroz, Ajas ist wieder aus seiner Gruppe davongelaufen, bring ihn zurück, bevor der Malik uns alle einen Kopf kürzer macht.«

Der Gardist hinter mir rennt vor und packt den Jungen am Arm. Der wehrt sich mit Händen und Füßen gegen die grobe Behandlung, doch dem erwachsenen Mann hat er nichts entgegenzusetzen. Wie es von Kindern zu erwarten ist, bricht er in Weinen und lautes Geschrei nach seinen Eltern aus, was der Gardist einfach beendet, indem er ihm den Mund zuhält. Mir bricht es das Herz, und doch sehe ich keine Chance, einzugreifen.

»Immer dieser Ärger mit den Blagen. Aber solange keine andere Möglichkeit gefunden wird, bei der Ausbildung der Leibwächter die Loyalität zu maximieren, müssen wir eben alle mit dem Kindergeschrei leben.« Ich weiß zwar nicht, ob der Gardist mit sich oder mit mir spricht, aber ich nutze die Gelegenheit, um nachzufragen.

»Schadet es denn nicht, wenn ihr den Jungen so grob behandelt? Er wird es sich doch sicher merken?«

»Unsinn, sie werden wie unsere eigenen Kinder aufgezogen und zu jeder Kindererziehung gehört eine harte Hand. Sie lernen hier niemanden kennen, außer die anderen Diener, die ebenfalls nie diese Etage verlassen, und den Malik natürlich. Das hier ist eine große, glückliche Familie und so muss es auch sein, sind die Leibdiener doch in die persönlichsten Belange des Maliks involviert: Die Küche, die Körperpflege und eben alles, was mit den Privatgemächern zu tun hat. Dank dieser Erziehung müssen wir uns weniger Gedanken um Verrat machen. Niemand kann die zukünftigen Leibdiener bestechen oder ihre Familien bedrohen, da sie weder hinauskönnen, noch anderen Familienmitgliedern als denen im Turm begegnen.«

»Sehr glücklich sah der Junge dennoch nicht aus.« Ich sage das eher zu mir, aber der Gardist hat mich gehört.

»Wenn er mit sieben Jahren noch so aufmüpfig ist, wird er hingerichtet. Wir können niemandem erlauben, den Turm zu verlassen, der Einblick in die inneren Strukturen hatte. In jeder Generation müssen wir ein oder zwei solcher Kinder beseitigen. Bei manchen hilft alles nichts, sie sind einfach zu stur.«

Kinder hinrichten? Ich kann nur die Fäuste ballen angesichts so eines Verbrechens. Mit dieser Familie, diesem Reich, will ich nichts zu tun haben. Ich könnte

Aras' Plan aufgreifen und für Ärger sorgen, um die Hochzeit zu sabotieren. Die Frage ist nur, bringt das irgendwem etwas? Vielleicht machen es die Kyros' ja genauso, immerhin weiß ich bisher auch über meine Familie so gut wie nichts.

Trotz der abgeschotteten Lage und der hier aufgezogenen Leibdienerschaft, stehen noch einmal zwei Gardisten vor dem Audienzzimmer des Malik. Diesmal muss ich eine Leibesvisitation über mich ergehen lassen, bis ich endlich dem hohen Herrscher selbst gegenübertreten darf.

Sein Audienzzimmer kenne ich noch, immerhin habe ich schon durchs Fenster hineingespäht. Der Malik sitzt aber nicht etwa an seinem ausladenden Schreibtisch, auf dem sich Dutzende Siegel, ein Riesenstapel Berichte und etliche Bücher türmen, sondern in einer Ecke, die vom Fenster aus nicht einsehbar ist. Es ist eine Leseecke mit drei Sesseln und einem niedrigen Tisch, auf dem allerlei Leckereien stehen. Genau in der Ecke ist ein Bücherschrank eingepasst worden, doch rechts davon hängt eine detaillierte Karte von Pers. Der Gardist führt mich dorthin, wo der Malik und eine weitere Person sitzen. Unbemerkt fotografiere ich die Karte ab.

Ich verbeuge mich vor dem Malik, der wortlos in seinem Sessel sitzt, und verharre in der demütigen Pose, bis er mir mit einem Grunzen das Zeichen gibt, dass ich mich aufrichten darf. Neben ihm sitzt eine mir unbekannte weißhaarige Frau. Altersflecke bedecken ihre Hände und das runzelige Gesicht hat schon viele Dekaden Leben auf dieser Welt gesehen. Sie wird mir nicht vorgestellt und ich könnte vermuten, dass sie keine wichtige Stellung innehat, doch so selbstverständlich wie sie neben dem Herrscher des Reiches sitzt, nein, sie muss eine hohe Position bekleiden. Aber wozu habe ich meinen Analyseskill?

Name:	Tara Mir
Klasse:	Level 51 Beraterin
Fortschritt:	51 %
Gesundheit:	110 / 110
Manapunkte:	270 / 270
Energie:	110 / 110
Volk:	Mensch

Sie ist die Beraterin des Maliks? Ihr Manavorrat sagt mir, dass sie nur einen Intelligenzpunkt weniger hat als ich, doch ich werde mich darum nicht in Sicherheit wiegen. Sie dürfte tonnenweise Erfahrung besitzen, um den fehlenden Punkt mehr als wettzumachen.

»Nimm Platz, Malikan.« Die Aufforderung des Maliks klingt eher nach einem Befehl als nach einer Einladung.

Ein Diener, der hinter einem Wandvorhang hervortritt, rückt mir den Sessel zurecht, gießt mir aus einem dampfenden Krug in hohem Bogen etwas in den Becher und ich würde am liebsten vor Dankbarkeit auf die Knie sinken: Kaffee! Oder zumindest ein Äquivalent, das identisch riecht. Zucker oder Milch gibt es nicht, was ich ein wenig schade finde, denn ich liebe die cremige, süße Variante mit einer Prise Gewürzen, die alle Puristen aus dem Westen verschmähen. Aber mich erinnert süßer Kaffee an die schönsten Tage meines jungen Erwachsenenlebens, das erste Treffen mit meiner Frau und an die vielen durchwachten Nächte nach der Geburt meiner Kinder. Nein, Kaffee ist für mich mehr als nur ein Mittel zum Zweck, es ist Erinnerung pur.

»Ihr scheint Bunaa zu kennen, Malikan. Ich wusste nicht, dass Eiban damit beliefert wird, immerhin ist es ein seltenes und kostbares Gut.« Tara Mir hat den Kopf schiefgelegt, während sie mein tiefes Einatmen und entrücktes Gesicht anschaut.

Ich räuspere mich. »Ich habe schon davon getrunken, aber Ort und Zeit scheinen in unvorstellbarer Ferne zu liegen.«

Der Malik schaut seine Beraterin an und die nickt unmerklich. Was hat das zu bedeuten? Hat sie etwa die Fähigkeit, Wahrheit von Lüge zu unterscheiden? Wenn ja, muss ich hier einen Eiertanz hinlegen, der wahrscheinlich meine Fähigkeiten rasch übersteigen wird.

»Woher habt Ihr das?« Vom abrupten Themenwechsel überrumpelt starre ich den zerstörten Talisman an, den die Beraterin in der Hand hält. Das Metallstück, das wohl mal rund war und eingravierte Runen aufwies, ist zu einem Klumpen zusammengeschmolzen.

»Ich habe es auf dem Boden gefunden.«

»Wisst Ihr, was das ist?«

Jetzt wird es kniffelig. Ich weiß, dass es ein Talisman ist, mit dem sich Necla mit dem Portal im Höhlensystem unter dem Palast verbinden konnte, aber das darf ich hier natürlich nicht sagen. Was weiß ich noch darüber? Ich kenne weder das Material, aus dem er besteht, noch die Runen darauf. Ich weiß nichts über die Wirkungsweise oder die Magie dahinter und habe auch keine Ahnung, woher er stammt und was ihn so speziell macht. Ich kenne nur … Nein, halt, bleib bei dem, was du nicht kennst. Ich kenne weder die genaue Geschichte dahinter, noch wie Necla an ein so kostbares Stück gekommen ist. Es muss doch gewiss einfachere Möglichkeiten gegeben haben, in den Palast einzudringen, besonders, wenn ihr Auftraggeber sie sowieso verraten wollte. Im Grunde weiß ich nichts. Wenn ich das, was ich weiß, in die eine Waagschale lege und auf die andere alles, was ich nicht weiß, nein, dann weiß ich absolut nicht, was das ist.

»Es tut mir leid, aber ich weiß praktisch nichts darüber. Es ist silbern, es lag auf dem Boden und alles andere müsste ich raten.«

Der Malik schaut wieder seine Beraterin an, diesmal braucht sie ein paar Sekunden länger, bis sie nickt.

»Es ist bemerkenswert, dass Ihr, Malikan Raduan, entführt worden seid und nicht Eure Mutter, die doch sehr viel wichtiger ist.«

»Ist das eine Frage?« Tara Mir lacht auf, sagt aber nichts. »Ich habe mich auch gefragt, was man von mir will. Es würde nur Sinn ergeben, wenn zumindest auch mein Bruder Arian verschwunden wäre.« Offiziell kann ich nicht wissen, dass er nicht mehr da ist, also muss ich den Unwissenden spielen.

»Euer Bruder war tatsächlich für eine Nacht verschwunden, doch tauchte er bereits am Morgen wieder auf. Er befand sich noch innerhalb der Stadtmauern, unweit des Reiseportals. Auf Nachfragen sagte er lediglich, er habe einen Freund treffen wollen.« Die Frau sieht mich mit undeutbarer Miene an.

Das ist merkwürdig. Lügt sie mich an? Wie sollte er von alleine aus dem Palast gekommen sein? Freilich, wir sind keine Gefangenen – bis jetzt jedenfalls. Wer hätte ihn aufhalten sollen, wenn er gehen wollte? Aber der Palast und die Wachen würden es wissen und vor allem dürften ihm dann so einige Spione gefolgt sein.

Die Tür zum Audienzzimmer öffnet sich und zuerst bleiben meine Augen auf den Herrscher gerichtet, da es unhöflich wäre, ihm den Rücken zuzuwenden, bis ich Helis Schniefen höre. Ich springe auf. Sie wurde grün und blau geschlagen. Zwei Gardisten zwängen ihre zarte Gestalt zwischen sich ein. Zwar trägt sie mittlerweile saubere Dienerkleidung, doch kann ich Spuren von Schnitten und Wunden erkennen, die ein Heiler nur stümperhaft behandelt hat.

»Malikan, wir sind noch nicht fertig!«

Ich ignoriere die Beraterin, stürme zu Heli und stoße die beiden Gardisten von ihr weg, oder besser gesagt, ich versuche es. Ich hätte genauso gut zwei Felsen bewegen wollen.

»Wie könnt Ihr es wagen! Ihr habt meine Dienerin foltern lassen, Ihr habt …«

»Aber, aber … Auch wenn ich schon hörte, dass Ihr zarte Gefühle für Eure Dienerin hegt, aber so etwas gehört sich einfach nicht …«

»Nein, jetzt spreche ich!«, unterbreche ich die Beraterin und es ist mir gleich, wen ich dabei alles mit beleidige. »Diese Hochzeit ist mir völlig einerlei. Arasch Ariaram soll meinetwegen meine Schwester heiraten und die beiden Reiche sich zu Persan verbinden und sich im Glanz der Geschichte sonnen. Ihr wollt ihren Nachkommen den Namen Kyros geben, damit Ihr den Segen des Kyros' erhaltet? Es ist mir gleich, tut was immer Ihr wollt. Aber niemand, NIEMAND, vergreift sich an meiner Dienerin!«, brülle ich.

So, bitte sehr, Aras, mögest du in Frieden ruhen, hier hast du deinen Skandal. Mir egal, mir reicht der ganze Bockmist hier. Diese Welt ist doch eine einzige riesige Kloake, hier regieren die Intrigen und die Hofpolitik.

Soll der Malik doch versuchen, seine Gardisten auf mich und Heli zu hetzen, Turtle wird sich über den kleinen Imbiss freuen. Ach was, wenn sie den Malik gleich mitfrisst, bekomme ich von den übergangenen Verwandten des Herrschers vielleicht sogar noch eine Medaille verliehen.

Nachwort

Herzlichen Glückwunsch! Du hast den dritten Band unserer gemeinsamen Reise abgeschlossen. Es ist mir eine große Freude und Ehre, dass du diese Abenteuer weiterhin mit so viel Begeisterung verfolgst. Deine Unterstützung und Treue bedeuten mir unglaublich viel und ich danke dir von Herzen dafür.

Ein besonders großes Dankeschön möchte ich an dieser Stelle auch meiner wunderbaren Lektorin Moira Colmant, meiner sorgfältigen Korrektorin Marita Pfaff und meiner talentierten Coverdesignerin Giusy Ame aussprechen. Ohne ihre professionelle und leidenschaftliche Arbeit wäre dieses Buch nicht das, was es heute ist. Ihr Engagement und ihre Expertise haben einen großen Beitrag dazu geleistet, diese Geschichte zum Leben zu erwecken.

Ich möchte dich ermutigen, mir weiterhin zu schreiben. Deine Gedanken, Fragen und Anregungen sind mir sehr wichtig und helfen mir, mich als Autor weiterzuentwickeln. Zögere nicht, dich bei mir zu melden, ich freue mich auf jede Nachricht von dir (E-Mail: info@charleshbarnes.de).

Besonders wertvoll sind für mich auch deine Rezensionen und Bewertungen. Sie sind die beste Werbung, die ich mir wünschen kann, und helfen neuen Lesern, auf meine Bücher aufmerksam zu werden.

Wenn dir diese Geschichte gefallen hat, wäre es großartig, wenn du dir einen Moment Zeit nehmen könntest, um eine Rezension zu schreiben oder eine Bewertung zu hinterlassen. Dein Feedback ist von unschätzbarem Wert und trägt dazu bei, dass diese Welt weiterwachsen kann.

Nochmals herzlichen Dank für deine Treue und Unterstützung. Deine Begeisterung ist der Antrieb, der mich motiviert, weiterzuschreiben und neue Abenteuer zu erschaffen.

Bis zum nächsten Abenteuer!

Herzliche Grüße

Charles

Eintauchen in die Zukunft des Gaming – willkommen in „Unterwelt des Lichts“!

Hast du jemals davon geträumt, vollständig in eine andere Welt einzutauchen, wo du die Grenzen deiner Vorstellungskraft überschreiten und ein Held in einer epischen Saga sein kannst? Die Zukunft des Gamings ist jetzt! Unsere revolutionäre Spielefirma präsentiert stolz das ultimative Vollimmersions-MMORPG „Unterwelt des Lichts“.

Erlebe totale Freiheit in einer grenzenlosen Welt

In „Unterwelt des Lichts“ gibt es keine Regeln – nur Möglichkeiten. Erschaffe deine eigene Legende in einer Welt, die nur von den mutigsten und fähigsten Abenteurern beherrscht wird. Mit einer unübertroffenen Immersionstechnologie kannst du vollständig in diese atemberaubende Realität eintauchen, wo jeder Atemzug und jeder Schritt so real ist wie das Leben selbst.

Wähle dein Volk und erobere die Welt

Tauche ein in eine vielfältige Welt voller einzigartiger Völker. Menschen, Zwerge, Elfen, Drachlinge, Walküren und viele mehr erwarten dich, um ihre Geheimnisse zu entdecken und ihre Macht zu entfesseln. Jedes Volk bietet einzigartige Fähigkeiten und Eigenschaften, die deine Abenteuer noch spannender und herausfordernder machen.

Maximiere dein Potenzial mit exklusiven Kontoklassen

Deine Reise beginnt hier, aber wie weit wirst du gehen? Wähle aus verschiedenen Kontoklassen, um deine Macht zu steigern. Je hochwertiger dein Kontotyp, desto größer sind deine Belohnungen und Boni im Kampf. Vom einfachen Abenteurer bis zum legendären Champion – in „Unterwelt des Lichts" liegt dein Schicksal in deinen Händen.

Epische Quests und selbstentfaltende KI

Erlebe eine Vielzahl von Quests, die dein Können auf die Probe stellen und dich in die tiefsten Geheimnisse dieser Welt führen. Unsere ständig hinzulernende KI sorgt dafür, dass die Spielwelt dynamisch und lebendig bleibt, indem sie sich ständig weiterentwickelt und an die Aktionen der Spieler anpasst. Kein lästiger menschlicher Administrator stört dein Spiel, alles wird von einer intelligenten KI überwacht und gesteuert, die ein nahtloses und packendes Spielerlebnis garantiert.

Bist du bereit, die Spitze zu erklimmen?

„Unterwelt des Lichts" ist kein Spiel für schwache Nerven. Nur die Besten der Besten werden es bis an die Spitze schaffen. Tritt gegen andere Spieler an, schmiede Allianzen und werde zu einer lebenden Legende. Die Welt liegt dir zu Füßen – bist du bereit, dein Schicksal zu erfüllen?
Schließe dich uns heute an und beginne deine Legende in „Unterwelt des Lichts"!

Interne Aktennotiz: Justiziar
Betreff: Dringender Haftungsausschluss für „Unterwelt des Lichts".
Bitte unverzüglich sicherstellen, dass der Haftungsausschluss alle potenziellen Beeinträchtigungen der Spieler (körperlich oder geistig) kategorisch ausschließt!

Schon die alten Römer wussten: Es braucht Brot und Spiele für die Massen, damit sie nicht rebellieren.

Was aber tun, wenn eine allmächtige Firma die Menschen nur noch als Kunden braucht, da inzwischen Roboter und KIs alles Benötigte produzieren und sämtliche Dienstleistungen ausführen? Nun, sie entwickelt eine virtuelle Welt, in der jeder alles sein kann, und klebt ein Preisschild drauf.

Roya kämpft schon seit Ewigkeiten gegen die Firma, hat sie ihr doch die Eltern genommen. Nun bekommt sie die Chance, ihren Vater zu retten, doch dafür braucht sie Geld – eine unglaubliche Menge Geld. Wie praktisch, dass die Firma mit dem Versprechen auf einen Riesengewinn die Menschen in das Spiel Unterwelt des Lichts lockt, wo sie einen Teil ihres Jahresumsatzes in das berüchtigte Karawanenevent steckt. Ein Tross gepanzerter Wagen, der als Naturgewalt über die virtuellen Kontinente zieht und Glücksritter aller Art anzieht. Nur leider hat noch nie ein Abenteurer das Event geknackt und mit jedem erfolglosen Angriff lernt die Spiele-KI mehr dazu und rüstete weiter auf.

Der Mensch hat sich behauptet, obwohl er weder die stärkste noch die schnellste Spezies dieser Welt ist. Ohne Reißzähne oder Krallen setzt er sich dennoch an die Spitze der Nahrungskette – einzig durch die Macht seines Verstandes.

Für Raziah könnte das abgeschottete Himmelreich ein sicherer Hafen sein, eine Zuflucht, in der sie ihren Feinden aus dem Weg gehen und ihre Fähigkeiten weiterentwickeln kann. Doch das Warten liegt ihr nicht, gerade wenn noch so viel zu erledigen ist.

Ein neues Zuhause muss her, größer und besser als das vorherige. Und um es so unverwundbar wie möglich zu gestalten, begibt sich Raziah mit ihren treuen Gefährten auf eine Reise. Ihr Ziel: die Bergarbeiterstadt Erzdamm, wo Schürfer keine Staatsfeinde darstellen und sich mit Mut und harter Arbeit in den Tiefen der Berge Metall in rauen Mengen abbauen lässt.
So der Plan, doch dieser Schritt ist lediglich der Beginn einer wahren Odyssee. Bald schon müssen sie ihr neues Heim gegen gnadenlose Angreifer verteidigen und Acht geben, in der einsetzenden Flut von Schwierigkeiten nicht unterzugehen. In »Unterwelt des Lichts« ist nichts vorhersehbar. Das Motto »Was dich nicht tötet, macht dich stärker« werden ihre Gegner bald am eigenen Leib erfahren. Und als es einem von ihnen sogar gelingt, den Hass in Raziah zu entfachen, erwacht das Monster in ihr.

Teamwork ist mehr als nur Seite an Seite zu kämpfen, es bedeutet manchmal, getrennte Pfade zu beschreiten. Die Trennung birgt nicht nur Herausforderungen, sondern auch einen verlockenden Preis. Der Weg mag steinig sein, doch der mögliche Gewinn macht jede Anstrengung lohnenswert.

Eine Gilde mit Elfenfetisch, die kaum einem Spieler in der Unterwelt des Lichts bekannt ist, hat es scheinbar auf Raziah abgesehen. Doch kommt die Feindseligkeit tatsächlich aus dem Nichts oder ist Raziah jemandem auf die Füße getreten und hat dadurch den Ärger der Gilde auf sich gezogen? Um das herauszufinden, muss sie einen Gegenangriff starten, und wie heißt es so schön: Wo gehobelt wird, da fallen Späne.
Was für ein Glück, dass die Tausenden NPCs, die dabei ihr Leben lassen, nicht auf ihr Karmakonto gehen. Und wenn sich korrupte Beamte ihr in den Weg stellen, dann erfahren diese ziemlich schnell, was es heißt, eine Göttin zu verärgern.
Trotz der intensiven Zeit im Spiel sollte Raziah aber die Realität lieber nicht aus dem Blick verlieren. Noch immer ist die Firma hinter ihr her und sie rückt ihr dabei immer näher.

Raziah muss endlich ihren Hauptberuf als Erfinderin voranbringen. Vorbei sind die Zeiten, als sie noch allein vor sich hin getüftelt hat, denn dafür ist Unterwelt des Lichts trotz aller Vereinfachungen zu realistisch. Grundlagen müssen her, will Raziah selbst Apparate erschaffen, mit denen sie ihre Gegner vernichten, Erze abbauen und irgendwann endlich die Karawane überfallen kann.

Und wo ginge das besser als in Schraubthal, der Hauptstadt der Erfinder, dem feindlichen Moloch mit seinen undurchdringlichen Rauchschwaden, Bergen an Ruß und Gefahren an jeder Ecke? All das ist Raziah bereit zu akzeptieren, wenn man sie nur lernen lässt. Allerdings sind die alteingesessenen Meistererfinder nun wirklich nicht wild darauf, neue Konkurrenz heranzuzüchten. Doch wozu gibt es Legenden, wenn sie nicht wieder zum Leben erweckt werden können?

Gemeinsam mit ihren Freunden ist Raziah stark, doch was, wenn nicht nur feindliche Gilden, sondern auch die Realität Raziah von ihnen trennen will? Schleichend nähert sich die Bedrohung von allen Seiten und bald schon könnte sie gezwungen sein, mit dem schlimmsten Feind in der Realität zu kooperieren, um einen Freund zu retten.

Die Trilogie Q-World

Elfen, Zwerge, Orks, Trolle, Sukkuben und etliche andere Völker warten in Q-World auf dich. Eine Welt voller Magie, Kämpfe, Intrigen, aber auch Freundschaften und Verbündeter.

Wir Quantencomputer erschufen die ultimative virtuelle Welt, in der die NPCs – Nicht-Spieler-Charakter – nicht einfach ihre Erinnerungen implantiert bekommen haben, nein, wir simulierten die 15.000-jährige Entwicklungsgeschichte vollständig, bevor wir euch hineinließen. Ihr werdet den Unterschied zu echten Spielern nicht bemerken und viel Spaß haben.

Worauf wartest du also noch? Willst du ein Schwertmeister sein? Ein Magier? Sehnst du dich nach der unberührten Natur eines Druidendaseins? Aber vielleicht konntest du mit deinem Dasein auf dem Land auch nie viel anfangen und würdest lieber als Aquarius unter der Meeresoberfläche leben?

Warte nicht länger und komm in unsere Welt, gründe eine mächtige Gilde und werde zum größten Spieler, den Q-World je gesehen hat.

In der vollautomatischen Q-Cap brauchst du dich nicht einmal mehr auszuloggen. Die Kapsel versorgt deinen Körper mit allem, was er braucht und trainiert ihn zusätzlich. Melde dich noch heute für die Warteliste an und du könntest schon bald eintauchen in die Welt aller Welten: Q-World.

(Auszug aus der Werbebroschüre für Q-World)

Ben hatte Glück. Er kam an eine der begehrten “Q-Caps” heran, mit der das Langzeiteintauchen in die virtuelle Welt möglich ist, und findet sich als einfacher Level-1 Charakter dort wieder. Eigentlich will er nur in Ruhe sein Avatar aufbauen und die Anfängerquests erfüllen. Doch unverhofft gerät er zwischen die Fronten der Zwerge und den von ihnen versklavten Kobolden. Was kann Ben ausrichten, in einer Welt, wo die lichten Zwerge düstere Absichten hegen, und ist diese Simulation tatsächlich nur ein Spiel der Menschen oder verschweigen die KIs ihr wahres Motiv?

Ben bereut nichts. Aus seiner Provinz verbannt, findet er sich in der Stadt Foxcastle wieder, in der Händler, Piraten und Adlige um die Vorherrschaft kämpfen.
In die Intrigen der Mächtigen hineingerissen, wartet ein ganzes Bündel an Quests auf ihn und verlangt sein äußerstes Können. Brachiale Gewalt ist keine Option, und so sieht Ben seine einzige Chance darin, die neuen Feinde gegeneinander auszuspielen. In diesem riskanten Spiel winken große Belohnungen, aber das Scheitern ist immer nur eine Haaresbreite entfernt. Wird Ben seinen Verbündeten trauen können? Am Ende wird er sich für eine Seite entscheiden müssen.

Alles und alle scheinen sich gegen Ben verschworen zu haben – und dabei hat er einem Mädchen doch nur das stärkste Monster von Q-World versprochen: einen Drachen.
Ben liegen keine Steine, sondern ganze Felsbrocken im Weg, denn die KIs überhäufen ihn mit einer nahezu unmöglichen Quest nach der anderen. Er verstrickt sich in Obre, der Stadt der Städte, tiefer und tiefer in Versprechen gegenüber Leuten, die er besser nicht enttäuschen sollte.
Doch findet Ben auch neue Verbündete: Dämonische Kräfte schlagen sich auf seine Seite und am Ende scheint es nur darauf anzukommen, weise zu wählen und standhaft zu bleiben.

www.ingramcontent.com/pod-product-compliance
Ingram Content Group UK Ltd.
Pitfield, Milton Keynes, MK11 3LW, UK
UKHW042055131224
452457UK00004B/269

9 783769 305647